청춘공백기

청

춘

공

백

기

심혜영
글

푸른문학

찬란했던 날들의 소란했던 이야기

서른이란 숫자는 나를 다른 곳으로 데려다 놓을 줄 알았다. 시간이 아니라 운명적인 공간이동이 펼쳐질 것이라는 기대와 먼 미래에 설정된 괜찮은 어른이란 모호함 속에 낭만이 있었다. 시간이 지나면 어느 정도는 비슷한 윤곽이라도 그리고 살겠지 싶었는데, 나는 이미 서른에서 마흔에 이르는 열 계단을 건너 마흔하나가 되었다.

스물에서 바라본 서른은 낭만이었으나, 서른에서 바라본 마흔은 실루엣이 벗겨진 나신이 적나라하게 드러난 인생이었다. 오늘 하루를 어떻게 버텨낼까를 고민하며 살 거라고는 생각지 못했다. 평범하게 산다는 것은 결코, 평범하지 않다는 걸 배운 십 년이었다.

지방대 출신에게 서울살이는 녹록한 환경이 아니었다. 기회는 남의 것이었고 행운은 나만 피해 갔다고 믿었다. 하지만 돌이켜 생각하면 정말 그랬던 걸까 싶은 의구심이 있다. 그렇게 믿어야 나에게 못마땅한 나를 봐줄 수나 있는 게 아닐까 싶어서.

서른의 10년을 오롯이 겪어내고 나서 마흔하나가 된 2022년 1월, 새벽이 가까워지는 아직 깊은 밤, 몸을 일으켜 차가운 책상에 앞에 앉았다. 쓰고 싶었다. 그들이 책 한 권 분량의 고백으로 이어질 거로 생각지는 못했다. 고백하고 싶었다. 무언가 되고 싶어 한 나에게, 무엇이 되고 싶었는지 말해보라 했다. 무언가 갖고 싶어 한 나에게 대체 그것이 무엇이었는지 말해보라 했다. 대체 나는 왜 이곳에 있고, 이 거대한 도시가 나에게는 무슨 의미냐 말해보라 했다.
자유를 꿈꾸었노라 썼다가 급히 지우려는 내 마음을 붙들고 쏘아붙이듯 물었다.

'자유를 얻기 위해 무엇을 하였나?'

나는 대답할 수 없었다. 빈 종이 위에 펜대를 멈춰 세우고 핑곗거리를 찾아 헤매는 내 시선만이 하얀 여백 위를 어지럽게 방황했다. 나이라는 숫자에 밀려 무기력감이 내 방을 가득 채워 더는 물러설 곳이 없던 그날 2022년 1월, 나는 나를 알아가기 위해 마음의 빗장을 열고 나를 꺼내 지난 역사를 다시 읽어내려가기 시작했다.

내 개인의 역사는 30~40대를 홀로 살아가는 여성들의 시대 문제가 반영되지 않을 수 없을 것이다. '혜영'이란 인물은 나이면서 당신 그리고 그 외연을 확장하면 우리라는 하나의 담론으로서 읽힐 수도 있다.

혜영의 일상이지만, 나의 이야기는 홀로 인생들의 어제, 오늘 어쩌면 앞으로 살아갈 당신이라 부를 수 있는 무수한 타인의 삶과 겹쳐지는 부분이 많으리라 생각한다. 나는 잠시 서로를 껴안는 위로보다, 이 세계에 떨어진 나와 당신이라는 존재를 선명하게 인식하는 기회를 제공하고 싶다. 눈을 가려뒀던 안대를 벗고, 내가 살아온 길을 돌아보는 계기가 되어 줄 수 있었으면 한다.

서른의 나는 끊임없이 남과 비교하기 바빴다. 내 안에 내가 없어 늘 소란했고, 근시안적인 시선에 삶의 배경은 늘 흐릿해서 멀리 보고 내가 원하는 것을 향해 거침없이 나아간다는 것은 그야말로 어려운 일이었다. 타인의 욕망을 욕망했고, 그들의 삶을 흉내 내기 급급했다. 그랬으니 늘 몸도 마음도 바쁠 수밖에.

서른이 넘도록, 줏대 있는 어른으로 성장하고 싶다는 생각을 해 본 일이 없다. 줏대는 비전이 만든다. 비전이란 구체적이고 선명히 그릴 수 있는 미래 아닌가. 그것은 나의 미래, 나의 그림, 나의 관계, 나의 사람들과 만들어 가는 나만의 구체적인 삶임에도, 나의 시선은 늘 남들을 따라 사는 데 맞춰져 있었다. 그들의 비전을 빌려 사는 동안 내가 쫓는 사람이 바뀔 때마다 나는 휘청거렸고 좌절했다. 내 안에 나는 없었다. 타인의 꿈을 쫓기만 하던 결국 나는 스스로 무너졌다. 인생의 패착은 그것이다.

결국, 무기력이 불러온 우울은 병이 되어 인생을 수면 아래 가라앉게 했고, 연이어 벌어진 경제적인 압박에 내몰려 직업을 잃고 방구석에 이불을 감고 숨어지낸 지난 삶은 고통스러웠다. 나는 어디에서부터 내 인생이 잘못됐는지 찾아볼 용기조차 내지 못했다.

왜 이렇게 된 건지 도무지 알 수 없었다. 서서히 아주 서서히 진행된 침몰은 일상에서는 느끼지 못할 정도의 가라앉음이었을 것이다. 이제야 깨닫는 것이, 어떻게 살 것인가 하는 질문을 인생의 외관을 겉치레하는 번지르르한 말쯤으로 여기고 그 말의 무게를 일찍 알아차리지 못한 것이 후회스럽다.

새벽까지 잠들지 못한 채 아침을 맞이하는 게 싫었다. 희망이 보이지 않는 이 초췌한 삶이 너무 싫은데 바꿀 용기는 나지 않았다. 나는 괜찮지 않았지만, 그것을 인정할 용기를 내지 못해, 과거의 10년을 지금 책임지며 살아가고 있다.

괜찮지 않은 것은 괜찮지 않은 것이다. 자신을 외면하느라 애쓰기보다, 직면하는 수고로운 고통이 오늘을 바꾸고 미래를 기약하는 가장 확실한 희망이 아닐까 한다.

조카가 내게 묻는다.

"이모, 2022년 이모가 꼭 이루고 싶은 건 뭐야?"

"이모? 이모는 진심으로 이제 행복해지고 싶어."

내가 나를 있는 그대로 바라보기 시작한 그 순간부터 삶은 좁은

틈을 벌려 나로 살아갈 기회의 문을 열어주기 시작했다. 나를 고백한 이 글이 나를 다시 일어서게 했듯이, 나의 글이 당신의 손을 잡아주는 의지의 팔이 되었으면 좋겠다. 나는 내가 살아갈 나의 날을 응원한다. 그리고 당신의 모든 날을 응원한다.

2022년 어느 여름날을 보내면서
심혜영

차례

1장 어쩌다보니 나이만 든 어른

4장   내가 제법 괜찮을 수 있을 때까지

5장

지금부터 찬란할, 나의 리즈시절

1장

어쩌다보니 나이만 든 어른

약도 없는 마음 감기

●

●

●

갓난아기가 짙은 남색 정장을 입은 맨 남자의 품에 안겨 금방이라도 울음을 터뜨릴 표정으로 안겨있다. 그 옆에서 하얀 블라우스에 하늘색 치마를 입은 여자는 아이의 작은 손을 잡고 방긋 웃고 있다. 아빠 나이 28살, 엄마 나이 24살이던 시절. 누군가의 손을 잡아야만 허리를 곧추세우고 걸을 수 있었던 시절이었다.

부모님은 눈에 넣어도 아프지 않을 딸로 자랄 것이라 믿었겠지만 지금까지 나라는 존재는 어느 순간부터 부모님에게는 사고뭉치에 종종 심각한 고민덩어리였다. 집안 사정이 여의치 않았지만 유학을 가겠다고 무작정 떼를 썼고, 보내만 주면 알아서 살겠다 했지만 결국 생활비가 바닥나면 자존심이고 뭐고 부모님께

송금을 청했다. 유학을 다녀와서는 바로 취직도 않고 부모님의 등골 빼먹는 백조로 오랜 기간 지내기도 했다. 나는 철이 없었고, 세상은 몰랐고, 뭐든 내가 원하는 건 쉽게 얻을 수 있으리라는 막연한 낭만주의에 빠져 있었다.

어느 겨울, 엄마가 서울 집에 온 날이었다. 방에서 엄마와 얘기를 나누다가 내 사는 꼴을 지적하는 통에 크게 다퉜고, 부끄러움과 화를 참지 못해 늦은 밤 뛰쳐나가고 말았다. 엄마는 언제까지 이렇게 세월을 낭비할 거냐고 했다. 언제까지 뒷바라지해야 하는 거냐며 대놓고 하소연을 했다. 얼마나 딸이 못 미더웠으면 그런 말을 하셨을까. 지금 생각해도 얼굴이 화끈거린다.

당시 의지도 없었고 무기력했던 나는 꼬여버린 내 삶의 원인을 죄다 남 탓으로 돌렸다. 몸만 다 자란 어른이었다. 나는 아무것도 가진 게 없다고 생각했다. 머리도 가슴도 텅 빈 깡통으로 이리저리 뒹구는 처지가 나라고 여겼기에 세상이 나를 대하는 태도에 발끈할 자존심 따위도 없었다.

똑 부러지게 잘 살 줄 알았던 딸이 우울증 진단을 받았을 때, 말도 안 되는 인생의 실수들을 반복하면서 허우적댈 때 지쳐버린 엄마는 내 손을 놓아버리고 싶단 생각도 했단다. 차라리 인연을 끊으면 험한 꼴 안 보고 살아도 되니까, 엄마가 자식을 너무 나약하게 키운 것 같아서 자기 인생 하나 제대로 살지 못하는 건 아닌지, 이 모든 게 당신 탓이라고 생각하셨단다. 한때 부모님의 희망이었지만, 그 후론 오래도록 손톱에 박힌 가시 같은 존재였다. 낳은 자식을 놓아버리고 싶었다는 엄마의 말은 충격적이었다. 나를 그 자리에 주저 앉혀 고민토록 만들었다. 소중한 것은 잃은 후에야 당연한 존재들의 당연하지 않은 소중함을 깨닫게 된다.

한기가 내 삶을 덮쳤던 계절을 나는 견뎌야 했다. 혹독한 겨울을 견뎌낸 나무만이 봄꽃을 피워내듯, 안개가 뒤덮인 시야에서 어둠을 몰아낼 때까지 나는 캄캄한 밤을 겨울을 이 계절을 버텨야 했다. 무언가를 맹렬히 좇던 내게 목표가 사라지자, 나는 처음으로 원하는 것이 없는 실로 제대로 된 빈 상태가 되고야 말았다. 어쩌면 이 텅 빔이야말로 진정 내게 필요한 순간이었는지도 모른다.

"누구 탓도 아니에요. 더는 자신을 미워하지 마세요. 그냥 감기 같은 거예요. 지독한 독감에 걸린 거로 생각해요."
주치의 선생님의 말을 곱씹어 생각한다.
'감기 같은 거라고? 지독한 감기? 며칠 앓고 나면 사라지겠지만,

언제든 다시 올 수 있다는 거네. 때가 되면 반복되는 이 꼴을 그냥 건디라는 게 말이 돼? 왜 모두 내 탓이 아니라고 해? 왜 내 탓이 아닌 건데, 그럼 누구 탓을 해야 하는 건데? 남 탓? 세상 탓? 정말 그런 거야? 그러고 나면 뭐가 달라지는데, 건디고 나면 뭐가 달라지는데?'

화가 났다. 지금껏 내 탓이 아니라 미루고 덮어버리고 눈을 감아온 내가 그려져 화가 났다. 감기에 걸린 것도 내 탓, 낫는 것도 나하기 나름인 것이다. 내 마음은 외과적 수술로 고칠 수 있는 게 아니다. 오히려 이 모든 게 내 탓이오 하고 나니 후련했고, 옳고 그름의, 해야 할 일 선택과 피해야 할 선택의 구분이 명확해지는 것 같았다. 이미 걸려버린 감기가 쉽게 떨어지진 않겠지만 어떻게든 괜찮아지고 말겠다고 생각했다는 자체만으로 내게 찾아온 반가운 변화임에는 분명했다.

공원을 산책하다가 가로등 불빛에 비친 나뭇잎이 눈에 띄었다. 바람이 불면 가지마다 매달린 잎이 파르르 몸을 떨어대는 소리가 공원 가득 퍼져나갔다. 올려다본 잎들은 제각각의 농도로 물들어가고 있었다. 똑같이 햇살과 바람을 머금고도 제각각 물드는 속도가 달랐다. 나뭇잎도 이럴진대 사람의 인생이 다채로워야 함은 너무나 자연스러운 이치 아닌가. 자기만의 인생을 발견하고 헌신하고 열중하는 삶, 그런 저마다의 인생에 대전환의 역사가 일어나는 기쁨을 드러내고 사는 그런 삶을 우린 진정 꿈꾸고 있는 게 아닌가.

삶이 삐거덕거릴 때면, 엄마는 말했다. 그럴 수 있다고, 감사하면서 살라고. 너무 멀리 내다보지 말되, 그래도 희망은 포기하지 말라고 하셨다.

"혜영아, 인생 아직 끝난 거 아니다. 절대 포기하지 마라. 절대 너의 희망을 포기하지 말거라."

견디다 보면 반드시 좋은 날이 올 거라고 믿는 나의 엄마, 아빠는 나를 여전히 믿고 기다려 주신다. 내 마음의 감기도 곧 낳을 거라면서 너를 이제 많이 아껴주라고 말한다. 엄마가 쓰다듬어 주는 따뜻한 손길 덕분에 나는 이 지독한 감기를 잘 이겨낼 거라는 것을 믿고 있다. 매일매일의 나의 한 걸음을 믿어 보자.

힘든 티 내지 마세요

•
•
•

"힘든 티 내지 마세요. 힘든 티를 내는 순간 상대를 두려워하고 있다는 티가 나고, 긴장하는 티가 나면 게임은 끝납니다. 그러니 절대, 힘든 티 내지 마세요."
출근길 온라인 강연에서 들은 얘기다.

힘든 티를 내지 말라는 조언을 듣자 엄마가 떠올랐다. 삶이 아무리 힘들어도 엄마는 늘 웃는다. 그래서 엄마의 웃음에서 나는 여러 감정을 마주하곤 했다. 어느 날 엄마가 말했다.

"힘든 티를 안 내니 사람들이 내가 걱정도 없는 사람인 줄 알지. 속이 까맣게 타도 힘든 티를 안 내니 그렇게 생각할 만도 하지.

힘들다 한들 누가 도와주길 하니, 알아주길 하니, 나만 더 외롭지. 그럴 바에야 그저 힘껏 사는 게 최선인 거야. 좋다고 들뜨지 않고, 싫어도 내색하지 않고, 힘들 때면 오히려 더 밝게 웃는 거지. 힘들어도 내색하지 마, 그렇게 애쓰고 나서 그날 밤 잠들기 전에 이부자리에서 그때 너에게 애썼다 잘했다 다독이고 칭찬하는 거야. 너 생각해 봐, 다른 사람에겐 그렇게 배려하면서 너한테는 얼마나 친절했고 또 아꼈는지. 엄마 말 알겠어? 너만 너를 온전히 사랑하고 아껴도 사람 그렇게 쉽게 꺾이지 않아. 남한테는 그렇게 살살거리고 잘하면서 어쩌면 자기 자신에게는 무심하니? 그러니 자꾸만 외로워지는 거야."

삶이 힘들었던 그 순간 나는 어떻게 했었나? 나는 가족에게 유난히 힘든 티를 팍팍 내고 살았던 것 같다. 무엇보다 나 자신을 믿지 못하는 마음이 컸다. 일이 도저히 안 될 것 같다 싶으면, 타인에게는 열심히 하는 시늉만 했다. 그렇게 해야 나름대로 노력했다는 핑계를 댈 수 있었기 때문이다. 열심을 가장한 가슴속엔 패배의식이 가득했다. 이런 모습을 들킬까 늘 두려웠다. 삶은 방어적이었고, 반응은 그만큼 공격적이었다. 입속에는 가시 돋친 말들이 늘 맴맴 돌았다. 나는 나 자신을 불쌍한 사람 취급했다. 나자신을 믿지 못하고 삶 속으로 비겁하게 숨어들었다. 인생이 꼬이기 시작한 것은 이때부터였다.

내 중심이 단단해야, 외풍에 강해질 수 있다. 그래야 티를 내지 않으면서도 묵묵히 내가 나를 붙들고 갈 수 있는 것이다. 가족이 무슨 죄란 말인가. 만만하다 티를 내는 것도 문제, 타인에게는 눈치를 본다고 티 내지 않는 것도 문제다.

"우리가 중요하다고 강조하는 그곳에 함정이 있다.
우리는 자신을 가여운 사람으로 만들 수도,
행복한 사람으로 만들 수도 있다.
사실 둘 다 드는 힘은 똑같다."

— 카를로스 카스타네다 웨인 다이어 〈인생의 태도〉 중에서

고백하건대, 나는 스스로 가여운 사람이 되고자 했다. 가여운 사람이 되면 행복하진 못해도 불행한 자에게 돌을 던질 만큼 매정한 사람은 없으리라 생각한 것일지도 모른다.

나는 더는 나 자신을 동정하지 않기로 했다. 인생은 멀리서 보면 희극, 가까이서 보면 비극이라 했다. 삶의 매 순간 희극과 비극이 교차한다. 우리는 인생이 행복하기를 바라지만 좋은 일보다 괴로운 게 더 많은 게 인생 아닌가. 힘들어도 힘든 티를 내지 말라는 말은 자기중심을 갖고 줏대를 가지고 살라는 말일 것이다.

나는 내 인생을 결정할 권리가 있고 그 권리를 과감히 사용해가기로 했다. 타인의 평가에 쉽게 흔들리지 않기, 못났다는 생각 버리기, 혼자서도 행복한 일을 찾고 내 시간을 꽉꽉 아름답게 채워나가기, 나이에 구속되지 않기, 경제적 능력이 부족해도 필요 이상의 열패감에 시달리지 않기, 지레 걱정하지 않기, 매사에 감사하기, 인생은 자기 하기 나름이라는 믿음을 굳건히 하기.

나는 다짐한다. 겨우 절반 온 거라고.

이제 겨우 반환점을 돌았다. 이제부터 나를 행복한 사람으로 만들어 보려고 한다. 힘든 티 대신 힘듦을 견뎌내고 이겨내 보려고 한다. 다짐만으로는 인생이 변할 수 없지만, 작은 행동과 결심들을 조금씩 조금씩 실천해 나간다면 어느 날 길 위에서 나를 만났을 때 제법 멋진 나를 만날 수 있지 않을까 하는 즐거운 상상을 한다. 그래! 웃자! 웃어버리자!

누구나 처음 사는 인생

●

●

●

"60이 돼도 몰라요. 이게 내가 처음 살아보는 거잖아. 나 67살이 처음이야. 내가 알았으면 이렇게 안 하지. 처음 살아보는 거기 때문에 아쉬울 수밖에 없고, 아플 수밖에 없고, 계획할 수가 없어."

— 〈tvn 꽃보다 누나〉 중에서

배우 윤여정의 오스카 여우 주연상 수상으로 포털사이트는 그녀 기사로 넘쳐나고 있다. 내 기억에 그녀를 처음 봤던 건 주말 드라마 〈목욕탕집 남자들〉에서 둘째 며느리로 출연했을 때였는데, 걸걸한 듯 까슬까슬한 그녀만의 독특한 목소리가 유독 기억에 남았었다. 비록 주연은 아니었지만 윤여정은 긴 시간 브라운관에서 자기 존재를 지켜나갔고 어느새 나는 그녀의 이름을 당연한 듯 기억하고 있었다.

언젠가 연기는 그녀에게 생존이었다고 말하던 인터뷰를 보고서
는 정말 당당하고 멋진 여자라 생각했다. 그녀만의 솔직함과 연
륜에서 묻어나는 연기에 대한 뜨거운 열정은 직업 연기자로, 엄
마로, 여자로 살아왔을 드러내지 않은 그간의 고달픔과 외로움
을 짐작하게 했다. 윤여정은 말한다. 처음 살아보는 인생, 그래
서 아쉽고 아플 수밖에 없었다고. 그게 당연하고 그래서 당당하
게 살았다고.

관계에 치이고, 일에 치이고, 삶이라는 무거운 책임감에 짓눌리
고, 상처에 아파하고, 기대감에 실망하면서도 나는 나로 살아야
한다. 시간은 현재에만 존재하고, 미래를 살아볼 수 없으므로 매
일 맞이하는 내 인생은 언제나 처음일 수밖에 없다. 실수하지 않
고 이 시간의 강을 넘어설 방법은 없다. 아프고 아쉬운 일들로
내 일상이 모조리 채워진다 해도, 그것이 나에게 주어진 몫이라
면 나는 그 몫을 오롯이 안고 내일로 향해야 한다. 나는 태어났
고, 살아있고, 먹지 않으면 배가 고픈 존재이기에 나는 나를 지키
기 위해 할 수 있는 적극적인 선택을 하면서 살아가야 한다.

어느 날, 일곱 살 조카가 하늘나라에 사는 신들에 대한 이야기를
들려주었다.

"이모, 나 태어나기 전에 하늘나라에서는 공부도 안 하고 놀기만 했어."

"응? 하늘나라?"

"응. 엄마 뱃속으로 들어가기 전에 난 하늘나라 구름 동산에 살았었어."

나는 조그만 아이의 엉뚱한 상상력이 귀여워서 맞장구를 치면서 되물었다.

"거긴 어떤 곳이야? 거기서 뭐 하면서 놀았어?"

"이모, 오빠도 그곳에서 나랑 놀았어. 그곳에는 친구들이 많았어. 하늘나라에서 가만히 지켜보다가 우리가 엄마, 아빠를 선택하는 순간 아기들은 엄마 뱃속으로 들어갈 수 있어. 난 이모도 하늘나라에서 지켜봤어."

"이현이가 엄마, 아빠를 선택한 거야?"

"응, 내가 가만히 오래오래 지켜보다가 엄마, 아빠가 착하고 좋은 사람이라 딱! 선택했어. 그리고 이모도 너무 좋은 사람이라 내 이모로 선택했어."

조카의 하늘나라 이야기 속에는 친구들과 놀았던 이야기, 구름 신한테 배웠던 재미난 일들로 가득하다. 조카는 수많은 사람 가운데 내 엄마, 아빠가 한눈에 좋은 사람으로 보였단다. 그래서 운명처럼 엄마, 아빠를 선택했단다. 그러니 아이는 스스로 태어난 것이다. 조카의 엉뚱한 이야기를 처음 들었을 때 어떻게 그런 생각을 했는지 신기했다. 부모를 선택하고 스스로 태어났다는 아이의 말이 돌아오는 길 귓전을 맴돌았다. 어쩌면 정말일지 모를 일이다. 기억하지 못하는 걸 아니다 단정할 수는 없는 거니까. 아이는 순수해서 아직 그때의 기억이 남아있는 것인지도.

나는 신나게 떠들어대는 조카의 하늘나라 이야기가 좋았다. 그림을 구름신에게 배웠다며 눈동자를 동그랗게 뜨고 들이댄다. 눈망울이 어찌나 반짝거리는지 도저히 아이의 말은 믿지 않을 도리가 없어 까르르 웃게 된다. 이렇게 밝고 예쁜 일곱 살이 내게 자신의 삶을 스스로 선택했다 말한다.

'하! 그런데 난 여태 뭘 하고 산 걸까.'

"심혜영! 어깨 펴고 당당하게 걸어. 앞을 똑바로 보고 주눅 들지 마!"
초등학교 시절 교감 선생님은 구부정한 자세로 걸을 때마다 교무실 창가에서 내 이름을 크게 부르시곤 했다. 얼마나 자신이 없어 보였으면 담임도 아니고 교감 선생님이 그런 말씀을 하셨을까. 늘 눈이 땅에만 붙어있었던 걸까. 고개만 들면 되는 건데. 그때 난 어떤 아이였을까.

조카를 보면서 문득 어릴 적 내 모습이 어땠을지 생각했다. 오랜 시간 어쩌면 나는 전신거울 한 번을 보지 않고 살았는지 모르겠다. 얼굴 아래 내 어깨가 굽었는지 전체를 조망해 본 기억이 있었던가. 옆모습은? 뒷모습은?

나는 스스로 나를 볼 수 없어서 무엇인가에 비춰보아야 하는데, 버스 유리창에도 나는 있었고, 지하철 스크린 도어 속에도 나는 있었고, 세면대 앞에 붙은 거울 속에도 나는 있었는데, 어째서 나는 나를 제대로 들여다본 기억이 없을까.

참 많이 아팠던 그때 한 발짝 꼼짝할 수 없어서 이불을 말고 누에고치처럼 잠들 듯 바스러져 사라졌으면 하고 생각한 적이 있다. 무력했다. 무얼 해도 안 됐고, 그러면 다시 무력감 속으로 몸을 말아 드러누웠다. 무늬 없이 살아도 좋으니 보통의 존재들 틈바구니에서 탈락하진 말자 했는데, 아슬하게 걸친 외줄을 붙들다 손을 놓아버린 기억들이 쌓여갈수록 나는 보통의 세계에서 멀어지는 쓸쓸함에 한기를 느끼며 떨며 지냈다. 내 청춘엔 한동안 하나의 계절 하나의 하늘 하나의 날씨만 존재했다. 나는 계속 실패했고, 실수했고, 새살이 돋기도 전에 새 상처가 났다.

멍하니 앉았다가 tv에서 나오는 소리에 눈물이 났다.

"나는 오늘 하고 싶은 일만 하면서 살아. 그 대신, 애써서 해."
배우 윤여정의 말이다.

하고 싶은 일은 스스로 선택한 사람만이 얻을 수 있는 삶의 기쁨
인 거지…. 부럽다. 행복의 문을 저리도 당당히 여는 사람, 꼬장
꼬장한 자태로 자신의 선택이니 애쓸 것이고 잘 해낼 것이란 그
녀의 말에 울컥하며 단숨에 이불을 걷어차고 일어섰다. 저토록
당당하면서도 편안하고 맑아 보이는 얼굴을 갖고 싶었다.

'혜영아. 그냥 살자. 저 꼬장꼬장한 할머니도, 일곱 살 꼬마 녀석
도 선택한 데로 그냥 살겠다는데, 혜영아 그냥 살아보자.'

마흔, 아직 예순이 되려면 스무 해를 더 살아야 하고, 여든까지
다시 스무 해를 더 살아야 하는데, 어제처럼 내일을 살 순 없으니
까. 그건 내가 나에게 너무 미안한 일이니까.

넘어지면 다시 일어서면 돼

·
·
●

3주에 한 번씩 감기 치료차 병원에 들른다. 마음의 감기를 달고 산 지 2년이 흘렀다. 내가 우울증을 앓고 있다는 것을 인정하기 싫었지만, 지금은 나의 우울증을 '그냥, 마음이 아픈 것뿐이야. 마음이 오랫동안 아팠던 것뿐이야'라고 그대로 인정하고 받아들이게 됐다.

지난 2년간 상담받으면서 나는 꽤 건강해졌다. 일도 새롭게 시작했고, 조금씩 내 꿈을 찾아가기 위해 노력하고 있다. 아직은 회복 중이지만 나는 제법 잘 살아가고 있다. 조금씩 일상 속에서 안정감을 찾아가고 있고, 다시 세상 속에서 감사를 느끼기 시작했고, 행복을 느끼는 순간들도 생기고 있다. 무엇보다 나는 나에 대한 죄책감과 미움, 원망과 후회에서 조금씩 벗어나고 있다. 더디지만 그렇게 평범을 회복해 가는 중이다.

인생이 조금씩 달라졌으면 좋겠는 희망을 품어본다. 지금보다 능력도 좀 더 있었으면 좋겠고, 경제적으로도 여유가 생겼으면 좋겠다. 물론 불편한 빚도 빨리 갚았으면 좋겠다. 연애도 하고 싶고, 자유로워지고 싶고, 강연도 하고 싶고, 글도 쓰고 싶다. 당당하고 자신감 넘치는 나로 살고 싶다. 인생에서 나만의 무기가 있었으면 좋겠다. 아이언맨의 꺼지지 않는 동력, 스파이더맨의 거미손, 배트맨의 날개, 토르의 황금 망치처럼 나도 나만의 무기가 있었으면 하는 생각을 해 본다.

"본인 안의 생각을 잘 들여다봐요. 진짜로 원하는 게 무엇인지."
자신을 자꾸 감추다 보면 마음이 모질어지고, 그 자리에 딱딱한 옹이가 박힌다. 고집스러운 자아가 만들어지는 거다. 그 녀석이 진실한 나로의 접근을 가로막는다. 선생님은 수면 위를 표류하는 생각에 머물지 말라고 했다. 어렵더라도 심연에 잠긴 생각을 붙들고 차분히 내려가다 보면 작별하고 싶은 나를 지나 그리고 진정 만나고 싶었던 나를 만날 수 있을 거라 했다.
뭐든 처음부터 잘 되는 일은 없지 않나, 정신과 의사들도 대학 병원에서 레지던트 때는 상담 환자 앞에서 진땀을 뺀단다. 진짜 환

자를 이해하고 대화하는 법을 깨우치는 건 환자들과 직접 얘기
하면서 그들의 생각 속을 들여다보는 방법을 법을 배워나간다는
것이다. 무엇이든 투명하게 들여다보려면 차분히 침묵하며 기다
리는 시간이 필요한 법인가 보다.

"시간이 더디게 느껴지고, 눈에 띄는 변화가 보이지 않는 그 순
간이 진짜 중요해요. 사람들은 대부분 그 순간을 못 견뎌 포기
해 버리거든요. 반면에 눈에 보이지 않더라도 자기만의 길을 걷
는 사람은 몇 년 뒤, 아주 큰 차이를 보이죠. 제가 계속 걸어가야
해야 한다고 했죠. 그렇게 가다 보면 어느새 당신이 원하는 길
위에 서 있게 될 거예요. 회복이 빨라요. 어떻게 이렇게 빨리 좋
아질 수 있는지 놀랍다니까요. 본인을 믿어봐요. 끝까지 Keep
Going 해 봅시다."

그래, 길이다. 인생은 길을 걷는 게 아니라, 길 그 자체다. 지금
내가 걷는 길은 긴 길 가운데 돌부리가 튀어나온 자갈밭일 뿐이
다. 언젠가 이 길은 끝나고 곧 향기로운 솔잎 가득한 산책로로
접어들 것이다. 황량하고, 강팍한 길 위의 나는 서서히 윤곽을
드러내고 내게 다가올 부드럽고 포근한 길을 꿈꾼다. 솔향을 품
은 바람이 낮고 느리게 불며 볼을 스친다. 굽이져 흐르는 샛강을
건널 때 나는 다시는 이전으로 돌아가지 않으리라는 상상하며

길을 걷는다. 옛길을 닫고 새 길을 열었을 때 나는 미래로부터 내려오는 다가오는 눈부신 태양을 한 손으로 가리며 가늘게 뜬 눈을 하고서 걸어간다. 나는 미소를 짓는다. 이것은 나의 상상에 불과할지 모른다. 하지만 미래로부터 끌어들인 이 경건한 빛이 마음 구석을 비추자 젖은 빨래가 꼬들꼬들 마르듯 마음의 온기가 회복됨을 느꼈다.

지금 잘하고 있다는데, 내가 나를 믿어주지 못하면 다시 물거품이 될 것만 같다. 이렇게 마음먹고 나니 금세 몸이 가벼워진다. 매일 글을 쓰고, 성실히 출근하는 내 일상을 축복해 주자. 병원을 나와 길을 걷는데 가로수에 매달린 나뭇잎들이 바람을 실어 나르는 소리가 들려왔다. 바람이 불어오는 방향으로 몸을 돌렸다. 바람이 나를 뚫고 지나간다. 시원하다.

진료가 끝난 후 약국에 들렀다. 사장님 부부는 늘 나를 반겨 주신다. 오늘은 왜 이렇게 늦었냐며 저녁은 먹었냐며 나를 걱정해 주신다. 사장님 부부는 내게 연애도 하고, 운동도 하고, 너무 인생 욕심내지 말라며 살아보니 인생에 정답이 없다는 말씀을 해 주신다. 이분들 역시 치열한 청춘의 한때를 살아낸 분들일 것이다. 그래서 걱정하시는 거겠지. 저녁 8시가 훌쩍 넘은 터라 가볍게 인사만 하고 나왔다.

넘어져도 괜찮아.

덕분에 알을 깨고 세상을 나왔잖아.

부러워할 것 없어.

높이 뛴다고 하늘을 나는 것은 아니거든.

서두르지 않아도 돼.

우리는 저마다 다른 속도로 자라니까.

자신의 모자람을 당당하게 받아들이는 것,

그게 바로 용기란다.

참을성을 키워보렴. 빨리 꼭대기에 오르진 못하더라도

어려움을 이겨내는 특별한 힘이 생길 거야.

너의 모자람을 탓하는 대신,

언젠가 네가 잘하게 될 일을 떠올려 보렴.

— 피르코 바이니오 〈하늘을 날고 싶은 아기 새에게〉

우리에겐 아직 미완의 미래가 있다. 스물에 서른에 넘어졌다고
해서, 마흔의 가을이 오지 않는 것은 아니다. 나는 과거의 문을
폐쇄하고 미래의 문을 열었다. 내 미래는 결코 뻔한 반복은 되지
않을 것이다. 나의 아침은 전과 다른 낯설고 설레는 시간이 될
것이다. 어떻게 확신하냐고, 내가 그렇게 살기로, 그렇게 삶을
바라보기로 했기 때문이다. 오늘 나는 나에게 희망을 처방했다.
이 밤이 좋다. 달도 밤도 오늘따라 유난히 달다.

우아한 아이스커피

●
●
●

부모님의 하루는 새벽 4시부터 시작된다. 아빠는 논밭에 물을 대러 가고, 엄마는 새벽같이 식사를 준비해놓고 부지런히 아빠를 따라 밭에 나간다. 식사 때만 잠깐 들렀다가 해가 지기 전까지 일하신다.

부모님의 한 해는 혹한기와 장마철을 제외하고는 거의 쉴 틈 없이 바쁘다. 어릴 때는 해가 질 무렵 엄마 아빠가 돌아오기만을 동생들과 기다렸다. 창문 밖으로 노을이 질 때면 어김없이 아빠의 경운기 소리가 들렸고, 그 소리에 신이 나 까르르대며 대문을 박차고 달려나갔다. 엄마는 흙 묻은 신발과 옷을 툭툭 털면서 "오늘 뭐 먹을까?" 하고는 빙긋 웃었다. 그 미소가 얼마나 예뻤는지, 그런 엄마 얼굴을 볼 때면 가슴이 대낮처럼 환해졌다.

밥상 위에 올라온 김치찌개, 감자볶음, 계란찜, 아! 쓰다 보니 입맛이 돈다. 엄마의 밥상은 언제나 정갈했다. 식탁 한가운데에는 밥상의 중심인 찌개가 올라오고 빛깔 고운 찬이 그 주위를 둘러가며 얹혔다. 꼬맹이들은 식탁에 앉아 학교에서 있었던 일을 미주알고주알 보고하느라 바쁘다. 저녁 밥상 위로 따뜻한 가족의 온기가 돈다. 쓰면서 생각하니 그 시절이 보석처럼 소중했구나 싶다. 설거지를 마치면 엄마의 하루는 그제야 끝이 났다. 양파 수확기에는 저녁을 먹고 난 후에 양파망을 접느라 또 일이다. 그때만큼은 우리도 엄마 옆에서 고사리 같은 손으로 양파망을 접었다. 그때는 몰랐다. 엄마, 아빠의 하루가 얼마나 고단했는지.

자식들에게는 험한 삶 살지 말라고 농사일은 손도 못 대게 하던 부모님이셨다. 뒤늦게 그 마음을 알고부터 더 애달프다. 당신들의 고된 삶을 본인 대에서 끊고 싶었던 마음을 생각하면 철없는 자식으로서 한없이 죄송스러운 마음이 든다.
언젠가 여름이었는데, 엄마와 마주 앉아 냉커피를 마시는데 주방 창문을 통해 시원한 여름 바람이 불었다.

"아이고, 참 달고 맛있다. 서울 사람들은 맨날 이런 거 마시고 팔

자도 참 좋다."

"엄마도 카페 가서 마시면 되지."

"시골 농사지으면서 이런 커피를 어떻게 마셔. 사치지."

4,000원짜리 커피 한 잔이 나의 엄마에게는 사치다. 한가로이 앉아
서 커피를 마실 수 있는 것 자체가 엄마에게는 사치일지 모른다.

"엄마. 냉커피도 맛있지만 나는 엄마가 얼음 동동 띄워서 타주던
미숫가루도 참 달고 맛있었어. 설탕의 비율이 중요한데 난 그걸
못 맞추겠더라고."

"그럼, 냉커피는 무슨, 여름에는 미숫가루지!"

"엄마는 도시에서 살아보고 싶었던 적 없어?"

"아빠 때문에 못 나갔지. 너희 아빠가 죽어도 도시로는 못 나간
다고 하는데 어쩌겠냐. 그래도 그때 어떻게든 도시로 나가서 너
희들 공부 시켰어야 했는데."

젊은 시절을 시골살이에 고스란히 바친 엄마의 얼굴을 바라본
다. 거칠고 굵은 손가락을 가만히 만져 보았다.

"엄마, 참 곱다. 우리 엄마 도시 아줌마들보다 훨씬 곱다."

엄마는 내 말에 미소를 짓는다. "젊었을 때는 제법 예쁘다는 소

리도 들었어"라는 엄마의 말에 엄마와 나는 깔깔거리며 웃었다.

잘 키우고 싶은 게 부모 마음인데, 못 해준 게 많아 늘 자식들에게 미안했다는 엄마. 그게 아닌데, 오히려 엄마한테 용돈 달라고 떼쓰고, 학원 보내 달라고 고집 피우고, 소풍 때 입을 새 옷 사달라고 졸랐을 때 그때마다 우리 엄마 얼마나 마음 아팠을까. 서울로 대학 보내 달라고 고집 피웠을 때는 어땠고. 수없이 엄마 마음을 힘들게 한 그날들이 떠올라 눈물이 그렁그렁하니, 엄마가 우리 딸 다 컸다는 듯 손등을 슬쩍 쓰다듬는다. 엄마 주름의 팔할은 내 몫이다. 그 모든 것이 사치였구나. 내 가족을 힘들게 한 내 청춘의 방황은 사치였구나 싶었다. 내 방황을 지켜만 보기에는 부모님의 삶은 너무 척박하고 고됐다. 나는 부모님의 무거운 삶의 무게를 감히 이해할 수 없었고, 부모님은 내가 감당해야 할 삶의 무게를 이해하지 못했다.

"엄마 앞에서 약한 모습 보이지 마! 엄마 삶을 너희는 감히 이해할 수 없을 거다! 엄마 속이 얼마나 까맣게 탔는지 너희는 모를 거야!"

내가 철없는 행동을 할 때마다 엄마는 약한 모습 보이지 말라고 했다. 나는 궁금했다. 왜 나는 철이 없으면 안 되는 건지, 왜 강해져야 하는 거지. 몸만 자란 채, 여전히 마음이 무르기만 했던 인생을 세게 한번 부딪혀 보기도 전에 지레 겁먹고 도망치기 바빴다. 늘 가지지 못한 것만 동경했고, 가진 것에 감사할 줄 몰랐다. 어른이 되기 위해서는 내 삶을 책임지기 위해서는 엄마의 삶 못지않게 고된 순간들을 감당해 내야만 한다는 것을 알지 못했다. 아니 알면서 피하고 싶었던 건지도 모른다.

느려 보이는 시골의 삶 속에서 새벽부터 해 질 녘까지 허리 한번 펼 새 없이 일하는 나의 부모님의 삶은 숭고하고 정직하다.

"도시 여자들은 참 우아하다. 피부도 곱고, 옷도 세련되게 입고."

언젠가 엄마가 한 말이다. 무엇이 우아한 삶일까? 자신의 삶을 책임지기 위해 끊임없이 노력하고, 노력한 만큼 결과를 바라는 정직한 마음. 삶을 포기하지 않는 끈기와 인내. 그 삶 또한 우아하고 숭고한 삶 아닌가. 엄마, 아빠의 흙냄새, 땀 냄새, 햇볕에 그을린 얼굴, 환한 미소가 진정 우아한 모습 아닌가.

새벽 4시 사랑하는 엄마 아빠는 벌써 일어나셨겠지? 아침 해가 떠오른다. 우아하게 떠오른다. 저 태양이 사랑하는 저 두 사람을 축복하기를.

행복, 배워볼게요

"우리는 행복해야 한다는 지상 명령에 심신을 혹사시키곤 한다. 어떤 게 나를 행복하게 하는지, 자기 욕망과 능력을 알아가면서 자기만의 행복을 만들어 가기보다 행복이라고 이미 규정된 사회적 모델을 추구한다. 그러다 보면 정말 크나큰 피로가 덮친다. 그런 의욕-하기, 곧 노예적 의욕 하기라면 아주 멀리하는 게 맞다. 그래서 인간은 행복조차 배워야 하는 짐승이라고 니체는 말했다. 무작정 행복만 원하지, 정작 어떤 삶이 행복한 삶인지에 대한 물음은 없다는 것이다. 랭보의 시구에도 비슷한 구절이 있다. '행복은 나의 숙명, 나의 회한, 나의 벌레였다.' 행복이 무엇인지 묻지 않고 행복만을 바랄 때 벌레처럼 삶을 파먹는다는 이야기가 아닐까."

— 〈글쓰기의 최전선〉 중에서

기억은 과거에 의해 편집되는 걸까 아니면 현재에 의해 편집되는 걸까. 어느 날은 이만하면 행복하다고 생각하다가도, 어느 날은 삶을 하찮고 현재를 불행하게 느낀다. 인간은 가지지 못한 행복에 집중할 때 불행해진다. 행복의 열쇠를 분명 내 손안에 쥐고 있는데 나는 선뜻 그 열쇠를 내 것으로 만들지 못한다. 행복이 뭔지 나는 알고 있는 걸까? 내가 행복이라고 믿는 것들이 진짜 행복일까? 내가 불행이라고 느끼는 것들이 진짜 불행일까?

주말 드라마에서 가끔 중년의 주인공이 여고 동창회에 간 날 그녀는 알 수 없는 쓸쓸함에 불편한 억지웃음을 짓고 있다. 남편 사업 얘기, 자식들 대학 얘기, 사위가 변호사네, 의사네 하는 얘기에 촌스러운 모습을 한 주인공은 초라한 옷과 낡은 가방만 만지작거린다. 대화에 끼어들지 못하고 급한 일이 있다며 일어나는 드라마 속 인물이 이해되지 않았던 때가 있었다. 친구들을 만났는데 왜 불편해할까?

어느 날 문득, 어린 시절에 TV에서 본 그 주인공이 이해되기 시작할 무렵의 나는 마치 드라마 속 주인공이라도 되는 것처럼 억지웃음과 불편한 마음을 나도 모르게 숨기기 힘들었다. 10년쯤 지나면 나도 자신감 넘치는 캐릭터가 되어있지 않을까 했는데, 사람들 앞에 쪼그라드는 나는 여전했다. 10년 전에는 명품에 주눅 들었고, 이제는 단단한 커리어로 무장된 그녀들에게 위축된다.

"생각해 보면 내가 가진 결핍이 지금의 나를 만든 것 같아요."
— 〈대화의 희열, 양희은 편〉 중에서

내 안의 결핍이 나를 위축되게 하지만, 양희은의 삶을 살피자면, 그녀는 결핍 덕분에 성장한 경우다. 결핍이 삶을 살아내는 강한 동기가 될 수도 있다. 그런데 나는 어째서 늘 식은땀이 날 정도로 오한에 시달렸을까? 도대체 그 무엇이 내 마음을 안절부절못하게 한 걸까?

나의 작은 세계가 오늘따라 왜 이렇게 갑갑하게 느껴졌을까? 돌아오는 지하철 안 마음 한구석이 씁쓸해져 온다. 나는 오늘 불편했다. 그리고 작고 초라한 나 자신이 또 움츠러드는 것을 느꼈다. 그리고 서른 즈음 삼성역 지하철 2호선을 타러 갈 때의 기분을 나는 10년이 지난 오늘 다시 느꼈다. 삼성역에서 여고 동창들을 만나기로 한 나는 약속 장소에 도착했다. 취업에 성공해서 자기 자리를 잡은 친구들과 다르게 나는 여전히 백수 생활을 탈출하지 못하고 있었다.
친구들 옆자리에 자태를 뽐내며 놓인 명품 가방이 유독 눈에 띠었다. 모두가 약속이라도 한 듯 L 브랜드 가방을 들고 나왔다. 여고 시절 분식집 떡볶이를 함께 먹던 아이들은 이제 어엿한 어른이 되었다. 결혼해서 강남 아파트에 산다는 친구, 대기업에 들어간 친구, 공무원 시험에 합격해 안정된 직장을 다니는 친구들의 대화는 신났다. 나만 빼고, 말이다. 그들의 대화에 유연하게 내가 낄 자리를 찾는 것 자체로 이미 굉장한 스트레스였다. 나만 백수라는 사실에 그 자리가 가시방석 같았다. 이 불안한 감정의 본질은 열등감이다. 내 안의 열등감이 나를 태워버릴 듯 겁박하고 있었다. 내 안의 열등감과 그리고 그 열등감 안에 감춰진 내 안의 욕망이 다시 스멀스멀 기지개를 켜려고 하는 게 느껴졌다.

나는 나로 행복해지기보다, 타인에게 밀리지 않을 페르소나를 얻고자 한 건 아닐까? 나는 무엇이 행복인지 나에게 물었다. 무엇을 위한 행복인지 나에게 물었다. 살아오면서 내 안의 나보다 타인에게 더 많이 자리를 내어줬던 지난 나를 바라본다. 타인을 행복하게 해주어야 한다는 생각, 망상과도 같은 기대가 있었다. 그들이 원할 것이라는 기대. 그것은 망상이었다. 기대에 어긋나면 안 된다는 생각에 매몰되었던 당시를 떠올렸다.

나는 나에게 물었다.
그 행복 안에 내가 있었니? 있었다. 물론.

그래서 온전하게 행복했니? 아니.

그럼 지금 행복해? 때로는 행복하고 때로는 불행해. 매 순간이 행복하지는 않아. 다만 조금은 알 것 같아. 인생이라는 게 매 순간 가슴 벅차게 행복할 수는 없다는 것을.

행복을 배워야 한다면 그게 인간의 숙명이라면 한번 배워볼까 한다.

진짜 재미있게 사는 법

·
·
●

일이 끝나고 잠실역에 있는 서점에 들렀다. 글을 쓰다 보니 서점의 책들이 전과 달리 예사롭지 않은 물건이 되었다.
'내 글이 언젠가 책이 될 날이 올까. 이곳에 나란히 진열될 그런 날이 올까?'

읽던 사람에서 쓰는 사람이 되고부터 책을 바라보는 시선이 달라진 건 사실이다. 매일 무언가를 쓰면서 자연히 내 책이라는 꿈을 희미하게나마 품게 되었나 보다. 서점 안을 천천히 둘러보고 있을 때 O에게서 전화가 왔다. 퇴근 후 집에 들어가는 길에 안부가 궁금해서 전화했다는 O. 서점에 책 구경하러 왔다는 내게 O는 참 재미있게 열심히 산다며 부럽다고 한다. 내 사정을 속속들이 말해줄 수는 없는 거니까 말을 아끼고 빙긋 소리 내 웃어줄 뿐이다. 톨스토이의 작품 안나 카레니나의 첫 문장은 다음과 같이 시작한다.

"행복한 가정은 모두 비슷한 이유로 행복하지만, 불행한 가정은 저마다의 이유로 불행하다."

통상 이 문장을 언급할 때 달리는 해석과 다르게, 나는 행복이란 본질의 다른 일면을 이 문장을 통해 본다. 현실에서는 행복이 넘쳐난다. 최소한 외관의 비치는 모습은 그렇다. 겉으로는 모두가 행복한 듯 보이지만, 그 속을 알고 보면 저마다의 이유로 불행한 것이 진짜 삶에 더 가까울지 모른다. O에게는 행복해 보이는 내 현실도 그리 아름답지만은 않다는 걸 나는 아니까.

"언니, 혼자서도 재미있게 살 방법 없을까? 다들 젊어서 좋겠다고 하는데, 나는 왜 이렇게 인생이 재미없지? 너무 지쳤나 봐. 어떻게 사는 게 재미있는 건지, 어떻게 살아야 할지 참 모르겠어. 뭔가 맹렬히 열정을 쏟아붓는 언니가 참 부러워."

나라고 정답을 알까. 답을 알았으면 그간 이렇게 방황하지만은 않았겠지. 그녀의 말에 대꾸하지 않았다. 말하면 괜한 거짓말만 늘어놓을 것 같아서다. 나도 살아보는 중이라 한 십 년쯤 더 지나고 보면 알겠지, 최소한 마흔의 10년을 어떻게 살아왔고, 그것이 어느 정도 옳았는지.

집으로 돌아오는 길 편의점에 들러 맥주 한 캔을 샀다. 적막한 방의 불을 켠 뒤, 씻고 나와서 노트북을 켰다. 차디찬 맥주가 오늘따라 달게 느껴진다. 빈 페이지 위에 깜빡이는 커서의 박자를 맞추며 생각했다. 그녀의 질문이 맴돈다.

"언니, 어떻게 살면 재미있게 살 수 있을까?"

사랑하면 재미있게 살 수 있으려나? 원하는 만큼 성공하고 돈을 벌면 인생이 좀 재미있어지려나? 능력을 인정받으면 재미있게 살 수 있는 걸까? 아직 살아본 적도 가져본 적도 없는 순간들이라 사실은 잘 모르겠다. 자판을 두드려 "어떻게 살면 재미있게 살 수 있을까?"를 친 후 삭제 버튼을 눌렀다. 글쎄, 오늘은 가벼운 내용을 글로 써야만 할 것 같다. 도저히 이 내용의 답을 모르겠다.

며칠 후 주말, 동생네 집에 볼일이 있어 들렀다. 아홉 살 조카는 열심히 게임을 하고, 일곱 살 조카는 혼자서 인형 놀이도 했다가,

그림도 그렸다가, 종이접기도 하면서 혼자 노느라 바쁘다.

"이모, 이리 와 봐."
조카는 내 손을 잡고 자기 방으로 나를 데려간다. 침대 위의 인형들을 건네면서 조카는 말한다.
"이모, 우리 토순이랑 곰순이랑 인형 놀이하자."
인형 놀이는 조카가 가장 좋아하는 놀이 중 하나다. 조카가 역할 놀이를 하는 모습이 너무 귀여워서 한참을 바라보고 있는데, 갑자기 "이모, 왜 안 놀아? 놀아야지!"한다. "응? 이모 지금 놀고 있는데?"
"이모. 이런 말이 있어! 재미있게 놀려면 진짜로 놀아야 한다는 말 몰라?"
"뭐? 이현아, 그런 말은 어디에서 배웠어?"
"이 말? 내가 생각해 낸 말이야! 이모, 진짜로 놀아야 재미있게 놀 수 있어. 가짜로 놀면 재미없어! 이모~내가 기회 줄게~진짜로 재미있게 놀 수 있는 기회."
조카의 역할 놀이에 대충 맞장구나 쳐주자 했는데 다 들켜 버렸다.

'진짜 놀아야 재미있게 놀 수 있다.'

조카에게 혼이 난 나는 토순이와 곰순이와 함께 미용실에도 가고, 마트도 가면서 역할 놀이에 열의를 보였다. 저녁을 먹고 집에 돌아가는 버스 안에서 나는 며칠 전 O의 말을 떠올렸다. 그래! 이거구나. 일곱 살 조카의 말처럼 노는 척이 아닌 진짜로 놀아야 재미를 느낄 수 있다. 열심히 인형 놀이를 하던 조카의 말투와 대사, 표정이 생각난다. 어린 시절, 동생들과 종이 인형을 그리며 소꿉놀이를 하던 때가 떠올랐다. 작은 손으로, 잘 그리지 못하던 그림 솜씨로 참 열심히도 그려서 종이 인형을 만들었었다. 종이 인형 하나만으로도 몇 날 며칠을 신나게 놀았던 어린 시절이 있었다. 그런데 지금은 어쩌다 이렇게 많은 것을 손에 쥐고 있어도 재미를 느끼지 못하는 어른이 되어버린 걸까?

진짜로 놀아야 재미있게 놀 수 있다는 조카의 말이 맴돈다. 진짜로 놀아야 해. 진짜 꿈을 가져야 해. 진짜 인생을 살아야 해. 진짜 사랑을 해야 해. 대충대충 척하는 삶, 척하는 사랑 말고 진짜 그 순간에 몰입해야 해.

언젠가 조카가 어른이 되고 이제 청춘의 무게를 감당해 나갈 때가 되었을 때, 꼭 말해주고 싶다. 이모는 우리 조카 덕분에 참 재미있는 어른으로 살아갈 수 있었다고.
언젠가 어른이 될, 그리고 중년의 고운 어른이 되어 있을 조카와 내가 함께 햇살 아래에서 향긋한 커피 한 잔과 달콤한 케이크를 먹으면서 나눌 즐거운 대화를 상상해 본다.

"인생, 참 재미있다. 인생은 신나는 놀이구나. 진짜 재미있다."

우리는 모두 서툴다

조카가 영어 수업을 하다가 화가 났는지 자기만의 공간에서 울고 있다. 조카에게 다가가 "이모랑 얘기 좀 할까?"라고 했더니 지금은 말하고 싶지 않은지 입을 꾹 다물고 있다. 조카가 진정될 때까지 가만히 옆에서 기다려 줬다. 한참 뒤 숨어있던 텐트 문을 열고 조용히 다가와 내게 안긴다.

"영어 하기 싫었어?"
"여기서는 말하기 싫어. 내 방에서 말할래."

방으로 들어가 조카를 안아줬다. 조카는 잘 말하고 싶은데 마음처럼 되지 않아 속상했단다. 영어 수업을 봐주는 원어민 친구에게 아이 마음을 전해줬다. 혹여라도 어린 나이부터 영어에 두려움을 느끼는 건 좋지 않아서 아이에게 충분히 쉬운 언어로 말해달라고 부탁했다.

그날 저녁, 동생 부부와 맥주 한잔하면서 얘기를 하게 됐다. 그들도 부모가 처음이다 보니 서툰 부분이 있다고, 아이들을 키우면서 아이들이 힘들어하는 일을 겪을 때마다 자신들을 반성하게 된다고. 무조건 예뻐하고 아껴주고 사랑하는 것만이 최선이 아니듯 때로는 엄격한 훈육을 통해 옳고 그른 행동을 가르치기도 하는 것이 부모의 역할이기에 자식 교육이 무척 힘들다는 것이다.

모든 환경에는 어쩔 수 없이 결핍이 있을 수밖에 없다. 그리고 자신의 결핍을 보상하듯 반대로 아이들을 키우다 보니 한쪽으로 치우치는 양육을 하고 있었다는 것을 느끼고 있다는 제부와 동생은 아이들을 키우면서 스스로를 반성하게 되고 배우게 된다고 했다. 맞다. 우리는 모두 결핍을 가진 존재들이다.

어린 시절, 강직하고 엄격했던 엄마에게 반항이나 말대꾸를 하는 건 암묵적으로 안 되는 일이었다. 네 남매 중 나는 내 고집을 꺾지 않고 엄마에게 종종 반항했지만 고생하는 부모님을 힘들게 하고 싶지 않았던 나와 동생들은 힘든 부분은 자연스럽게 부모님께 털어놓지 못했었다. 좋은 모습만 보이려고 했고, 우리의 힘든 부분들을 보태서 부모님을 힘들게 하고 싶지 않았다. 감정을 표현하는 것도 서툴렀고, 함께 얘기하면서 힘듦을 덜어낼 수 있다는 것도 몰랐다. 참아야 하는 건 줄 알았다. 그렇게 무난하게 흘러갈 줄 알았던 인생이 예상을 비껴가면서 문제가 생기기 시작했다. 사춘기 없이 지나갔던 내 인생은 20대 후반이 지나면서 뒤늦게 잠재되어 있던 문제들이 수면 위로 떠오르기 시작한 것이다.

내 안의 나와 가족이 기대하는 내가 달랐다. 나는 일순간 폭발해 버렸고, 그때부터 브레이크 없이 방황하기 시작했다. 문제를 공유하는 법을 몰랐던 나는 작은 문제들을 눈덩이처럼 키워가기 시작했다. 잘못인 줄 알면서 들키고 싶지 않아 감추기에 급급했다. 늘 그랬던 것처럼 좋은 면만 보이고 싶었으니까. 나는 착한 딸이어야 했으니까. 실수하면 안 되는 거니까.

"제부, 엄마가 내게 인연 끊자고 했을 때, 나 자신이 미치도록 부끄러웠지만, 그날 이상하게 자유로웠어요. 뭐라고 설명할 수 없지만, 비로소 혼자라는 생각, 해방감이 들었어요."
"처형도 그동안 자신 안의 진짜 자신을 있는 그대로 드러낼 용기가 없었고, 오히려 그 사건이 계기가 되어 처형이 가지고 있던 틀에서 비로소 자유로웠을 거예요. 사람은 결국 자신 안의 틀을 깨고 나와야 해요. 그래야 진짜 성장이 이루어지죠."

내 안의 진짜 나를 마주할 수 있는 용기, 나에게는 진짜 나를 드러낼 수 있는 그 용기가 필요했다. 감정 표현이 서툴고, 나 자신을 마주하는 것도 서툰 내가 비로소 나를 마주하기 시작한 건 내가 낭떠러지로 떨어졌던 그날 이후부터다. 그때부터 비로소 내 인생을 책임지기 시작했다.

문제를 피한다고 문제가 해결되지 않는다. 겁이 나서 도망칠수록 문제들은 눈덩이처럼 커진다. 문제로부터 달아날 것이 아니라 정면으로 마주해야 길이 보인다. 인생은 버텨야 한다는 말이 이해되기 시작했다. 살면서 힘든 순간이 끝났다 싶으면 또 시련이 찾아오고, 그 시련들을 버티다 보니 때로는 길이 보이기 시작했다. 어른인 우리도, 아이인 나의 조카들도 지금 인생의 시련을 겪는 건 자연스럽고 꼭 필요한 일이다. 조카들이 자신 안의 시련을 피하지 않고 잘 겪어낼 수 있게 믿어주고 사랑을 주고 때로는 떨어져서 지켜봐 주는 것이 어쩌면 어른인 우리가 해야 할 몫인지도 모른다.

우리는 모두 서툴고 결핍이 있는 존재들이다. 그 서투름과 결핍

속에서 처음으로 이모가 됐고, 부모가 됐다. 그리고 처음으로 이 나이가 됐다. 결핍투성이, 실수투성이인 나는 아직 인생의 정답이나 방법들을 잘 모른다. 다만 이제는 피하지 않고 앞으로 나아가려 한다. 가장 솔직한 나를 만나는 그날까지. 가장 나다운 나를 만나는 그날까지. 가장 나답게 나일 수 있는 그날까지. 서툴면 서툰 대로, 결핍이 있으면 있는 대로. 오늘 또 실수하면서, 또 울면서 웃으면서 하루를 살아가려 한다. 그게 내가 내 인생에 책임지는 법이니까.

어딘가엔 있을 나의 쓸모

●

●

●

"사회 구조나 환경의 문제로 풀리지 않은 일을 자신의 미숙함 탓으로 돌릴 필요는 없다. 반대로 나의 잘못에 대해 합리적인 비판을 받았음에도 남을 탓하면서 책임을 회피한다면 그 또한 스스로 성숙해지는 길을 막는 일이 될 것이다."

— 〈오늘은 이만 좀 쉴게요〉 중에서

A회사에서 일을 할 때, 회사의 시스템이 인센티브 급여 제도라 일요일만 빼고 한 달을 일해도 성과가 없다 보니 한 달 급여가 30만 원 들어올 때도 있었다. 그때는 내가 능력이 부족해서 이만큼의 대우를 받는 거라고 자책했다. 더 열심히 일하는 것 외에는 방법이 없다고 생각했다. 하지만 밀린 대출금에 생활비를 감

당하려면 기본적으로 생활이 되어야 해서, 더 이상 인센티브만으로는 살기 힘들었다. 사회에서 내가 얼마나 무능력하고 나약한 존재인지에 대한 불안함이 엄습했고, 이런 대우를 받아도 내가 할 수 있는 것이 없다는 생각으로 가득 찼었다. 몇 년 만의 백수 생활을 청산하고 겨우 얻은 일자리에서 나는 한없이 작아졌고, 내가 갈 곳이 없다고 느껴져 두려웠다. 울어도 보고, 소리도 쳐봤지만 나 자신이 한심하고 화나서 그 마음이 진정되지 않았다. 왜 나는 겨우 이렇게밖에 살 수 없는 것일까? 실컷 울고 나서야, 지금의 나는 결국 이 정도라는 것을 뼈저리게 느낀 후에야 나는 그 끝에서 결심했다.

'난 결코, 지금의 나로 멈추지 않을 거야!'

내가 받는 급여와 내가 하는 일로 나를 완전하게 평가할 수 없지만, 이대로 무능력한 존재로 머무르지 않겠다고 다짐했다. 나를 성장시키겠다고 그만큼의 대우를 받을 수 있는 사람이 되겠다고 다짐했다.

'내 노력의 가치를 정당하게 인정받을 수 있도록 노력할 거야!'

난 무엇을 위해 정당하지도 않은 대우에도 참았던 것일까? 견뎌야 한다고, 웃어야 한다고, 네가 부족해서 그렇다고, 네 마음이 울고 있더라도 견디고 이겨내야 한다고, 드러내면 안 된다고 하면서 나를 가뒀다.

이후 5년이 흘렀고, 나는 직업을 바꿔가면서 빠듯하지만 이 서울에서 월세를 내고 월급을 기다리는 보통의 직장인으로 살아가고 있다. 여전히 나는 이 사회에서, 내가 속한 회사에서 나의 쓸모와 가능성을 찾아 헤매고 있다. 열심히 흔들리고 있다. 가끔은 내 무능력과 경험 부족을 탓해보기도 하지만, 이미 떠나간 시간을 후회한들 소용이 없다. 조금씩 성장해온 건 맞지만 나의 쓸모가 다 닳아 이곳에서도 정착하지 못한 채 뽑혀 나갈까 봐 전전긍긍하고 있다. 어디에도 뿌리내리지 못한 채 자리 잡지 못했던 나는 이곳에 뿌리를 내릴 수 있을까를 고민하고 있다.

나의 쓸모에 대해 생각하던 중 잡초가 떠올랐다. 꼭 지금의 내가 잡초처럼 느껴졌는데 잡초를 제대로 뽑아본 적 없는 나는 매일 밭의 풀을 메고 농작물을 가꾸는 엄마에게 잡초는 어떤 의미인지 묻고 싶어졌다. 뭔가 내게 희망을 주는 말이 나오길 내심 기대하면서. 엄마가 가만히 내 질문을 듣더니 대답해 주신다.

"잡초? 밭에 있는 잡초를 보면 엄마는 농사꾼이라 뽑아야겠다는 생각부터 들지. 밭에 있는 잡초들은 엄마에게는 뽑아야 하는 아무 의미 없는 거지."

예상과는 다른 대답이었다. 밭에 있는 잡초는 엄마에게 아무 의미 없는 숙청의 대상이었다. 엄마가 애써 키우는 농작물의 성장을 방해하는 쓸모없는 것이었다. 온종일 허리를 구부리고 앉아 잡초를 제거하는 일은 엄마에게는 고된 노동이니까.

"그런데 혜영아, 길가에 핀 꽃이나 잡초는 하나같이 예뻐. 추석 때 산책할 때 봤던 들꽃 기억나지? 잡초가 밭에 있으면 쓸모없게 느껴지지만, 길가에 그렇게 자기가 피어나야 할 자리에 있으면 빛나는 거야. 뭐든 자기 자리가 있어. 그 자리에 있을 때 스스로 빛을 발할 수 있는 거야. 들판의 잡초들도 그런데 하물며 사람은 어떨 것 같아? 사람도 마찬가지야. 자신이 있어야 할 곳에 머무를 때 가장 내가 빛날 수 있어."

잡초들도 빛나는 자리가 있는 거구나. 엄마의 말에 가슴이 저릿했다.

나는 잡초일까? 지금의 나는 밭에 자라나는 잡초일까? 아니면 길가에 피어 있는 잡초일까? 내가 있어야 할 곳을 제대로 찾은 것일까? 내가 피어나야 할 곳에서 제대로 싹을 틔우고 있는 것일까? 과연 내가 있어야 할 나의 자리는 어디일까? 세상에 하찮은 일은 없고, 하찮은 존재도 없다고 지식인들은 말하지만, 글과 현실의 차이는 다를 때가 많았다.

나는 과연 나의 쓸모를 제대로 쓰고 있는가? 나의 자리는 어디일까? 나의 쓸모는 무엇일까? 나의 쓸모는 과연 누가 판단하는 것일까? 밭에 자라는 잡초는 정말 쓸모가 없을까? 잡초는 뽑혀야 할 숙청의 대상일까?

잡초들 틈에서 자라나는 농작물들은 영양분을 뺏기지 않기 위해 안간힘을 쓰며 삶과 투쟁한다. 그렇다면 질긴 생명력을 가진 잡초는 농작물의 힘의 원천인 셈 아닌가. 나는 잡초다. 내가 어디에 있건 내 삶의 의미를 결정짓는 권리는 누구에게 있는가. 바로 나 자신이다. 내가 내 권리를 양도하거나 빼앗기지 않는 한 그 권리는 나에게 있다.

봄이 되면, 시골에서는 겨우내 얼었던 밭을 트랙터로 엎는다. 그렇게 밭을 경작하고 난 뒤에야 이랑을 만들고 씨를 뿌릴 수 있다. 지금 내 인생 밭을 다시금 건강하게 회복하기 위한 경작의 시기를 보내고 있다. 희망의 씨앗을 뿌리고 싹을 틔워 그 뿌리가 잘 내리고 자랄 수 있게 열심히 밭을 가는 것이다. 나는 인생 밭을 일구기 위한 기본기를 다시 다지는 중이다.

나는 내 쓸모를 만드는 중이다. 내가 필 곳을 찾아가는 중이다. 나의 쓸모를 고민하는 내게 엄마의 말은 힘이 되었다. 그래서 묻고 싶었다.

"엄마, 그럼 엄마의 쓸모는 언제 빛나?"

엄마는 자기 존재에 어떤 의미를 부여하며 사는지 궁금했다. 엄마는 핸드폰 너머 1초의 망설임도 없이 "네 남매의 버팀목이라는 생각을 할 때, 한 남자의 아내로 살아왔던 그 순간이 자신의 존재의 쓸모를 가장 크게 느꼈다"는 나의 엄마. 엄마 인생에서 가장 소중한 존재는 네 남매 그리고 아빠다. 엄마는 엄마일 때, 그리고 아내일 때 자기의 쓸모를 깊이 느낀다는 것이다. 가족에게 엄마는 우리를 지탱해 주는 버팀목이다.

'엄마, 오래오래 나의 버팀목이 되어줘.'

나 자신이 쓸모없고 무가치하게 느껴질 때 우리에게는 잡초 정신이 필요한지도 모르겠다. 내 쓸모와 쓰임은 내가 결정한다는 패기가 필요한지도 모르겠다. 잡초처럼 끈질기게!

세상은 넓고, 나 하나 온전히 피어날 자리는 반드시 있다. 아직 자기 자리를 찾지 못했다 하더라도.

우물 안에 갇힌 청춘

●

●

●

이상한 꿈을 꿨다. 내 방 책상 위, 맑은 물이 담긴 유리병 안에 하얀 개구리 한 마리가 있다. 청개구리보다 더 큰 개구리는 긴 앞다리를 유리병 입구를 향해 뻗고 있다. 나는 그 개구리가 튀어나올까 봐 뚜껑을 찾아 입구를 막아보려고 하지만, 왠지 죄책감이 들었다. 개구리가 죽어버리면 어떻게 하지? 반대로 유리병을 뛰쳐나와 내게로 달려드는 것도 무서웠다. 이래저래 마음만 졸이면서 발이 묶인 나는 그저 꿈에서도 제발 무섭게 뛰쳐나오지만 말라고 빌었다.

그런데 가만히 보니 이 개구리 뭔가 이상했다. 조금만 뛰어도 충분히 빠져나올 수 있을 텐데 하얀 개구리는 아예 뛸 생각이 없는 것 같았다. 앞다리만 허공에 허우적댈 뿐 밖으로 뛰쳐나와 살겠다는 의지가 없어 보인다. 개구리의 몸이 딱 맞을 정도로 유리병은 좁다. 최소한의 움직임으로 허공을 향해 허우적거리는 하얀 개구리를 보고 있자니, 마음이 묘했다. 이제 무섭지도 않다.

'뛰쳐나올 수 있는데, 왜 넌 아무것도 안 하니? 정말 뛰는 법을 잊어버리기라도 한 거니?'

나는 가만히 바라보고 있다가 랩에 구멍을 뚫은 후 유리병을 감싸려고 손을 내밀었다. 그런데 위기를 느낀 개구리가 뒷다리를 굽히더니 유리병을 넘어뜨리면서 밖으로 뛰쳐나온다. 나는 너무 놀라서 소리를 꽥 지르고 꿈에서 깼다.

소리를 지르면서 깨어났더니 온몸에 힘이 없다. 멍하니 창밖으로 보이는 하늘을 바라본다. 밤새 비가 내렸고 하늘은 여전히 비가 올 듯 먹구름이 떠다닌다. 안 되겠다. 운동하러 가야겠다. 운동복으로 갈아입고 마스크를 끼고 운동화를 신었다. 좀 걸으니 기분이 좋아진다. 운동하러 나오기를 잘했다. 이대로 집에 있었다면 피곤하다는 핑계로 침대와 한 몸이 되어 꼼짝 않고 있었겠지. 길을 걸으면서 하늘을 올려다본다. 가을바람이 선선하게 분다. 비 온 뒤라 그런지 비에 젖은 나무 향이 마스크를 뚫고 코끝으로 전해진다. 비에 젖은 나무 향이 향기롭다. 자연의 향기가 느껴진다. 이제 진짜 가을이구나.

참 이상한 꿈이다. 왜 그런 꿈을 꿨을까? 꿈은 무의식의 반영이라던데 그 하얀 개구리와 좁은 유리병이 상징하는 건 뭘까? 허공만 허우적거리던 하얀 개구리가 있는 힘껏 튀어 오르던 그 장면이 생생하게 맴돈다. 이 꿈은 나에게 무엇을 말하려고 한 걸까?

어릴 때, 내가 꿈을 꾸고 엄마에게 말하면 다 개꿈이라고, 그냥 아무것도 아니라고 하셨다. 그런데 어른이 된 이후로 꾸는 꿈은 종종 무언가 의미하는 것처럼 느껴질 때가 많았다. 괴롭고 답답한 날은 어김없이 악몽을 꿨다. 꿈속에서 너무 슬퍼서 숨죽여 울 때도 있었다. 깨어나서도 한참을 꿈에 이입되어 몸에 힘이 빠질 때가 있었다. 꿈들은 종종 내게 무언가를 말하는 듯했다. 나는 애써 감정을 꾹꾹 누르고 꿈에서도 잠들지 못한 채 괴로워했고, 슬퍼했다.

신호등이 바뀐 줄도 모르고 정신을 차려보니, 빨간불로 다시 바뀌어 있다. 바람이 살랑살랑 불고 있고, 하늘은 점점 구름이 걷힌다.

넌 내게 무엇을 말하고 싶은 거니? 움직이기도 힘든 유리병에서 넌 허공을 향해 앞다리를 허우적거리기만 했는데 넌 도대체 내게 무슨 얘기가 하고 싶어서 내 꿈에 나타난 거니? 넌 때를 기다리고 있었던 거니? 마지막 순간 온 힘을 다해 유리병을 넘어뜨리면서 세상 밖으로 뛰쳐나온 것처럼 그 순간을 위해 때를 기다리고 있었던 거니?

만약 내가 너를 투명한 랩으로 가두려고 하지 않았다면 너는 계속 그 작은 유리병 안에 머물렀을까? 나는 네가 힘껏 유리병을 넘어뜨리고 뛰어오르던 그 장면이 잊히지 않는다. 그 순간 나는 카타르시스를 느꼈는지도 모른다. 내가 꼭 너처럼 느껴진다.

한때 모두가 내게 말했다. 왜 아무런 시도를 하지 않는 거냐고. 왜 아무런 노력도 하지 않는 거냐고. 나는 세상 밖이 두려웠다. 세상에 나가보기도 전에 겁을 먹고 있었다. 세상이 만만치 않을 거라는 것을 미리 알아버렸다. 어떤 경험이 나를 그렇게 만들었던 걸까? 아마 내가 원하는 것을 이루기에는 내가 가진 것이 너무 미비하다는 것을 알아버려서 포기했는지도 모른다. 내 노력은 어차피 보잘것없으리라 생각했다. 내가 가보고 싶은 세계의 벽은 너무 높아 보였고, 나는 너무 작게만 느껴졌다.

세상에는 너무 많은 이야기가 있다. 너무 많은 각자의 불행이 있다. 행복은 참 쉽게 얻어진 듯 보이고 불행은 나를 비껴가지 않는 것 같다. 한때 세상을 비난했던 나는 정말 내가 불행하기만 했던 걸까를 생각해 본다. 한 사람의 인생에 불행이 올 때가 있고, 예기치 않은 행복들이 선물처럼 찾아올 때가 있다. 불행이 꼭 나쁘기만 한 것도 아니다. 인생을 꼭 정도로만 걸을 필요도 없다. 넘어져도 보고, 장애물도 만나면서 나만의 숲길을 만들어 가는 것도 나쁘지 않다.

학창 시절, 나는 공을 차는 게 무서웠다. 늘 헛발질을 했기 때문이다. 여전히 나는 인생에서 헛발질해대고 있는지도 모른다. 그러나 믿고 싶어졌다. 헛발질도 하다 보면 한순간 발끝에 공이 닿을 때가 있다. 그래, 발에 닿은 공을 '뻥!'하고 하늘 높이 차올릴 그런 날이 온다면 헛발질도 해 볼 만한 게 아닌가 싶다. 허우적거리는 하얀 개구리가 아니라, 뒷다리를 굽혔다가 힘차게 뛰어오르는 꿈이 있는 개구리처럼 나는 지금 힘차게 날아오를 준비 중이라는 사실을 믿고 싶어졌다.

'넌 내게 말하고 싶었던 게 이거였구나.'

2장

인생은 환상동화인 줄 알았다

스물아홉엔(End) 서른아홉엔(And)

●

·

●

빛나는 꿈들은 사라지고, 그 자리에는 보통보다 더 보통의 내가 사라진 꿈들을 다시 기억하기 위해 애쓰고 있다. 문득 출근길 지하철 안 유리창을 통해 비치는 내 얼굴을 가만히 바라보면서 나는 묻는다.

"지금 너 괜찮은 거니?"

행복하냐고 묻기 전에 내가 괜찮은 건지 묻는 나는 대답을 할 수가 없다. 괜찮은 건지, 안 괜찮은 건지 묻지 않았다. 그저 일상을 살아가는 것, 그것만이 내가 살아가는 길이라고 생각했다. 그리고 그렇게 사는 것이 정상적으로 평범하게 살아가는 길이라고 생각했다. 그렇게 나는 남들처럼 행복해지기 위해 오늘도 아등 바등 발버둥을 치고 있다.

3년간, 한 달에 한 번 모이던 커뮤니티에서 소규모 프로젝트를 진행하기로 했고, 강연을 해보자는 취지 아래 마음에 맞는 지인 들과 모여서 ZOOM 미팅을 했다. 우리가 어떤 주제로 이야기를 풀어낼 수 있을까에 대한 고민을 하던 찰나 L이 말한다.

"각자 살아온 경험도 결이 다르기 때문에 어쩌면 더 많은 공감을 일으킬 수 있을 것 같아요."

우리는 평범해서 오히려 더 강력할 것이다. 아침 6시 출근 준비 를 하고 7시 집을 나선다. 한 시간 넘게 걸리는 출근길 지하철 안 에서 간신히 하품을 참는다. 오늘도 힘내자. 목적지는 다르지만 나와 같은 하루를 보내게 될 사람들이 정차하는 역마다 우르르 내린다. 판교역 4번 출구에는 에스컬레이터를 타기 위해 줄지어 선 사람들로 분주하다. 얼굴도, 옷차림도 다른 사람들. 우리는 보통의 존재, 직장인이다.

개인이 살아온 역사 대신에 직급과 회사 이름과 연봉이 우리를 이 사회 안에서 직장인으로 살아가게 한다. 회사에서 내가 해야 하는 일이 나를 증명하고 밥벌이를 유지해 준다. 내가 하는 일 속에 나를 담고 있는지 그건 중요하지 않다. 해야 하는 일이니까 해야 한다. 그 안에서 누군가는 성취감을 느끼고, 꿈을 만들어 가기도 하고, 누군가는 목적 없이 상사의 지시와 의무감과 책임 감으로 자신의 역할을 해낸다. 나는 전자일까, 후자일까? 후자에 가까운 내가 보통의 우리를 얘기할 수 있을까? 그 안에서 무엇을 말하고 싶은 걸까?

보통의 존재인 내가 평범한 일상 속에서 작은 희망을 놓치지 않 고 어떤 마음과 태도로 살아가고 있는지에 대한 이야기를 해 보 고 싶어졌다. C는 무엇을 말하면 좋을지 우리만의 시각으로 제 안을 했다. C를 보고 있으면, 어른이 되기 위해 열심히 무언가를 찾고 있는 어른 아이 같은 느낌이 든다. 어른이 되기 위한 노력 들을 자신답게 해나가는 이야기를 해보면 어떨지 제안을 했다. 그가 조심스럽게 말한다. 대학생 때는 앞뒤 안 재고 도전했는데, 사회생활을 하다 보니 겁쟁이가 된 자신을 발견했다고.

우리는 늘어나는 나이만큼 겁쟁이가 되고 있는지도 모른다. 때 로는 사랑하는 이들을 지키기 위해서, 때로는 나를 지키기 위한 겁쟁이가 되고 있는지도 모른다. 직장에서 하고 싶은 말도 제대 로 못하고, 말하지 못한 말 때문에 혼자 일 끝나면 코인 노래방

가서 목청이 나갈 듯 실컷 소리 지르면서 스트레스를 풀고, 그래도 스트레스가 안 풀리면 한강에 가서 실컷 소리 지르는 보통의 직장 생활에서 내가 꿈꾸던 나의 사라짐을 목격하는 것이 어른이 되어 가는 과정일까? 그렇게 우리는 살아가기 위해 사라지는 건지도 모른다. 빛나는 꿈들은 사라졌지만, 여전히 나다움을 찾기 위한 발버둥을 치고 있다.

3년 전, 여름이 시작될 무렵 만났던 우리. 대학교 졸업반이던 꿈 많던 청년 C와 갓 직장 생활을 시작해 열정 가득하던 H, 그리고 30대 중반의 꿈을 찾기 위해 발버둥 치던 나. 3년이라는 시간 동안 우리는 참 많은 변화를 겪고 있다. 누군가는 30살의 성장통, 서른 앓이를 하고 있다. 되고자 한 어른이 되기 위해. 그리고 또 누군가는 여전히 40살의 성장통을 겪고 있다. 되고자 한 미래의 나를 나는 여전히 만나지 못해. L과 C와 이야기를 하던 중 갑자기 "29 End 39 And"라는 말이 떠올랐다.

C와 L의 29살 즉, 20대는 끝났지만 그들의 30대는 시작되었고, 그들은 이제 진짜 되고 싶은 39살 어른이 되기 위한 30대의 여행을 할 것이다. 나도 마찬가지다. 나의 39살은 끝났지만(End) 내가 원하는 49살을 위해 계속 살아갈 것(And)이다.

스물아홉엔(End) 서른아홉엔(And) 이 말 참 좋다. 나는 이 주제로 계속 이야기를 만들어 가 볼 생각이다. 우리만의 이야기를 통해 떠오른 아이디어가 이렇게 작은 연결고리로 만들어진다. 맞다! C의 말처럼 우리는 계속 도전해야 하고 경험해야 하고 무엇보다 살아가야 한다. 작은 점들이 어디서 어떻게 연결고리가 될지는 알 수 없다. 모든 경험은 연결된다. 우리가 했던 경험들, 행동들, 그리고 느꼈던 감정과 생각들은 지금의 나라는 존재에 연결된다. 모든 것은 이어진다.

우리의 소규모 프로젝트가 기획되고, 그 콘텐츠가 이야기로 만들어지는 과정에서도 우리는 또 다른 아이디어를 구상하고 내고 있다. 기대되기 시작했다. 보통의 우리가 무엇을 말할 수 있을까? 무엇을 해낼 수 있을까? 작은 도전들이 또 어떤 감정과 경험들을 선물해 줄까? 걱정하지 말고, 우리만의 이야기를 만들어 보자. 아름다운 시절이 끝난 게 아니라, 그 시절은 앞으로도 계속될 테니까.

섬처럼 외로운 내가 있다

"시골에선 자연이 상처였지만 도시에선 사람이 상처였다는 게 내가 만난 도시의 첫인상이다. 자연에 금지구역이 많았듯이 도시엔 사람 사이에 금지구역이 많았다. 우리를 업신여기는 사람, 다가가기가 겁나는 사람, 만나면 독이 되는 사람……. 그러나 그리운 사람."

— 신경숙 〈외딴섬〉 중에서

나이를 먹으면서 고질병처럼 생겨난 감정이 있다. 외로움이다. 어쩌면 끝끝내 해결할 수 없을 것 같은 막연한 외로움이 어디에서부터 생겨난 것인지 모르겠다. 내 안의 외로움을 아무에게도 이해받지 못할 것 같았다. 나는 사람을 믿지 못하나? 끝내 나는 아무도 믿지 못한 채, 그 누구에게도 위로받지 못한 채 섬처럼 외로이 살아가야 하는 것일까?

어느 날, 선생님께서 말씀하신다.

"왜 가족에게 한 번도 본인이 얼마나 힘들고 아픈지 말하지 않았어요?"

"말할 수 없었어요."

"왜요?"

나는 왜요?라는 선생님의 질문에 더 이상 대답할 수가 없다. 때로는 어떠한 언어나 문장으로도 표현되지 않는 아픔이나 상처가 있다. 나는 아직 치유된 적이 없다. 나의 상처는 아직 드러나지 않았다. 깊은 동굴 속 꼭꼭 숨겨져 있다. 치유되지 않은 흔적은 결국 어느 순간에 어떻게든 상처를 드러낸다. 가만히 눈을 감는다. 가만히 가슴 한가운데 꽉 막힌 명치를 손으로 쿵쿵 치면서 쓰러 내려도 내려가지 않은 체중처럼 숨이 꽉꽉 막힌다. 숨을 크게 마셨다가 내뱉는다. 몇 번을 똑같이 숨을 깊숙이 마셨다가 내뱉는다. 눈은 뜨지 않고 감고 있다. 눈을 감은 채 가만히, 그렇게 가만히 기억을 찾아 헤맨다. 기억은 마치 바닥에 아무렇게나 쏟아진 퍼즐 같다. 어디서부터 무엇을 맞춰야 하는 건지 모르겠다. 나의 기억은 어디서부터 잘못된 것일까? 나의 마음이 어디서부터 잘못된 것일까? 마음이 고장 나 버렸다.

"시간이 오래 걸리지도 몰라요."
"평생 이렇게 아픈 마음으로 살아야 하는 건가요?"
"치료 잘 받으면 분명 좋아질 거예요."

분명 좋아질 거라는 그 말에 왜 마음이 무너지는 것일까? 치료만 잘 받으면 나는 예전의 나로 돌아갈 수 있을까? 자신이 없다. 고장 나버린 마음을 어떻게 고쳐야 하는 건지 모르겠다. 예전의 나는 어땠었더라? 잘 기억이 나지 않는다. 아주 오랫동안 소중한 무언가를 잊고 지낸 느낌이다. 병원을 나와 하늘을 쳐다보는 데 하늘은 눈부시게 푸르고 높다. 도시의 소음보다는 내 마음속 소음이 여기저기 튀어나온다. 경적을 울려댄다.

"천천히, 조급해 하지 마세요."

조급해 하지 말라는 선생님의 당부가 귓가에 맴돈다. 아주 오랫동안 이렇게 아픈 마음으로 살아왔지만 이렇게 용기를 냈으니 반은 성공한 거라는 말이, 용기를 낸 나를 칭찬해 주라는 말이.

가만히 눈을 감는다. 햇살을 느끼고 살짝 부는 바람을 느낀다. 나의 기억을 찾아간다. 햇볕이 들지 않는 불 꺼진 원룸 방, 눅눅한 공기와 어두운 적막감. 옷장에 기댄 채 오늘도 아무것도 기대하지 않는 나는 멍한 표정으로 가만히 정면을 응시한다. 나는 더 이상 내 인생에 아무것도 기대하고 있지 않다. 슬픈 표정의 내가 멍하니 불 꺼진 방에 앉아 있다.

슬픔을, 외로움을 말할 수 있는 것도 용기인가? 나는 오늘 처음 보는 낯선 이에게 눈물을 펑펑 쏟아냈다. 그런데 그런 순간이 왠지 부끄럽지 않다. 가슴에 얹혀있던 체증이 내려간 것 같다. 무슨 말을 쏟아냈는지 기억나지는 않는다. 우느라 어느 순간부터는 아무 말도 하지 못했다. 가만히 눈물을 멈출 때까지 기다려준다. 아무런 제지도 하지 않는다.

"이제부터는 본인 마음만 신경 쓰세요. 가장 중요한 건 본인이에요."

왜 나는 여태껏 그걸 몰랐을까?

"넌 왜 이렇게 너만 생각하니?"

늘 나는 나밖에 모르는 이기적인 사람이라고 생각했다. 어쩌면 착한 내가 되기 위해 애썼던 건 속으로는 이기적인 내 본성을 감추기 위한 것이었을지도 모른다. 그런데 나밖에 모르던 나는 정말 나 자신을 신경 쓰기나 했던 것일까? 이기적이라면 좀 뻔뻔하게 잘 살기나 하지 왜 마음이 고장 나 버린 건데…… 다시 눈물이 쏟아질 것 같다. 어디에서부터 내 마음을 들여다봐야 하는 건지 정말 모르겠다. 평생 이런 아픈 마음으로 살아간다는 건 자신 없고 끔찍하다.

선택지는 없다. 그럼에도 불구하고 네 마음을 들여다볼래 아니면 이렇게 아프든지 말든지 아무렇게나 살아갈래.

불 꺼진 방안의 나는 아마 나를 아무렇게나 내버려 뒀을 것이다. 그런데 왠지 이번만큼은 다른 선택을 해보고 싶어진다. 내 외로움의 근원을, 내 아픔의 잊힌 기억을 나는 마주하고 싶어졌다. 더 이상 갈 곳도 의지할 곳도 없는 떠돌이 같은 이 마음으로는 살아갈 수가 없다. 이 방황을 이제 그만 끝내고 싶다. 섬처럼 외로운 나는 적어도 내 아픈 마음을 어루만져 주고 싶다. 그것이 끝내 해결될 수 없는 마음이더라도 말이다.

가난한 사랑은 힘겹다

· · ·

엄마는 가난한 아빠를 만나 사랑에 빠졌다. 다 쓰러져 가는 낡은 집에서 아빠 하나만을 믿고 시작된 사랑에 외할아버지, 외할머니의 극심한 반대에도 엄마는 아빠와의 사랑을 포기하지 않았고, 내가 태어났고 그렇게 사랑은 그 어떤 것에도 흔들리지 않을 것처럼 굳건했다고 했다.

외할아버지는 말 잘 듣고 야무진 엄마에 대한 기대가 높았다고 했다. 엄마도 외할아버지의 말이라면 거역 한번 안 하고 말 잘 듣고 착한 딸이었다고 했다. 얼굴도 예쁘고 말도 잘 듣고 성격도 야무진 엄마를 큰 이모는 잘 살고 착한 남자에게 시집보내야지 하고 생각했다고 한다. 그런데 연애 한번 안 하던 엄마가 얼굴만 잘생기고 가난한 아빠를 만나 한순간에 사랑에 빠져버렸다. 외 갓집에서는 가난한 아빠는 엄마를 고생시킨다며 반대를 했지만 엄마는 아빠와의 사랑을 포기할 수 없었나 보다.

사랑 하나만 믿고 선택한 결혼은 생각보다 달콤하지는 않았다. 가난은 현실이었고, 내가 태어나면서 가난한 신혼생활은 더 현 실로 다가왔을 것이다. 엄마는 자신의 선택에 책임을 지고 싶었 고, 어떻게든 가난한 신혼을 극복하기 위해 자신이 할 수 있는 최 선을 다하면서 살았다고 했다. 힘들다고 말하면 자신의 얼굴에 침 뱉는 격이고, 가난한 아빠가 무시당할까 봐 엄마는 외갓집 식 구들에게 힘들다는 소리 한번 하지 않았다고 했다.

어느 날, 외할아버지가 엄마와 아빠, 내가 사는 집 근처에 동네잔 치가 있어서 지나가야 할 일이 있었는데, 아빠는 장인어른께 가 난한 자신들의 삶을 들키기 싫었고 초라한 모습을 보여주기 싫 어서. 커다란 천을 구해 집이 보이지 않게 담벼락에 천막을 쳤다 고 했다. 가난은 자존심이 상하는 일이었고, 외할아버지의 눈빛 을 감당해 내기 힘들었을 젊고 가난했던 나의 부모님은 그 천막 으로 자신들을 감출 수 있으리라 생각했던 걸까?
가난한 살림에 자식들은 넷이나 생겼고, 가난은 쉽게 극복이 되 지 않았다. 엄마, 아빠의 사랑을 듬뿍 받고 자란 기억이 크지만 가난한 살림은 가끔은 행복의 방해꾼이 되기도 한다.

어린 시절 엄마, 아빠와의 싸움이 잦았던 때가 있었다. 그때는 그 밤에 옆방에서 들리는 엄마, 아빠와의 싸움 소리에 동생들과 무서워서 귀를 막고 이불을 뒤집어쓰던 때가 많았다. 아빠는 술에 취한 채 엄마에게 소리 지르고 엄마는 술 취한 아빠에게 소리를 지르고 우리는 벌벌 떨며 소리를 죽이고 있었다.

어느 해인가 아빠는 매일 술에 취해 들어왔다. 엄마는 매일 술을 마시는 아빠를 이해하지 못했고 그날도 또 싸우는 건 아닌지 불안해하는 우리 마음도 모르는 부모님이 원망스럽기도 했다. 엄마가 도망가 버리는 건 아닐까 불안했다.

한참 시간이 지나 어른이 된 지금, 엄마에게 물어본 적이 있었다.

"엄마, 엄마는 우리 키우면서 안 힘들었어?"
"그때는 뭘 몰랐지. 너희를 낳았으니 키워야 했고, 책임져야 했으니 어떻게든 살기 위해 버텼지. 힘들다고 생각할 틈이 있었겠니. 그래도 너희들 웃는 거 보면 힘나고 너희들 먹는 거 보면 배부르고 그게 엄마 행복이었지."
"엄마 아빠랑 한참 싸울 때 다 포기하고 싶지 않았어?"

"철없는 너희 아빠 버릇 고치느라 일부러 엄마가 강하게 나갔지. 안 그랬으면 있는 살림 다 거덜 났을 거야. 너희는 자라면서 다른 도시 친구들과 비교하면서 부족한 게 많다고 느꼈겠지만 엄마는 그래도 너희 구김살 없이 키우려고 최선을 다했어. 하고 싶은 거 다 하게 해주면서 키울 형편은 안됐지만 그래도 너희에게 할 수 있는 최선은 다했어. 가난이 너희들에게 만큼은 대물림되지 않게 하려고 엄마는 하루도 쉬지 않고 일하면서 너희 키웠는데 그게 또 마음처럼 되지는 않더라. 더 잘해주고 싶어도 늘 부족한 것이 사랑이더라. 아무리 최선을 다한다 해도 부족한 것이 있더라."

아무리 최선을 다해도 부족한 것이 사랑이더라는 엄마의 말이 맴돈다.

도시에 나와 허기졌던 마음의 원인을 나는 알지 못했었다. 마음은 왜 이렇게 굶주린 듯 허기진 것인지, 삶은 왜 이렇게 뜻대로 풀려나가지 않는 건지…. 시골에 갈 때마다 냉장고 한편에 꼬깃꼬깃 숨겨둔 헤진 만 원짜리 지폐를 엄마는 내 손에 몰래 쥐여 준다. 밥 굶지 말고 다니라고. 활발하게 보이게 머리도 싹둑 잘라 버리라고, 딸이 너무 청순해 보여서 사람이 힘이 없어 보인다고. 자신감 있고 당당해 보이라고, 그래야 복도 들어오는 거라고. 항상 웃고, 어깨 펴고 주눅 들지 말고 다니라고.

여전히 자식 걱정뿐인 엄마의 표정과 주름지고 굳은살이 배긴 손에 삶의 흔적이 고스란히 담겨 있다. 눈물이 나올 것 같은데 꾹 눌러 담는다.

"엄마 조금만 기다려. 내가 꼭 엄마, 아빠 호강시켜 줄게."

나는 거짓말처럼 반복해 온 이 말을 툭 내뱉는다. 그게 언제쯤일까?

가난한 엄마 아빠는 자신들의 사랑에 대해 책임지기 위해, 그 가난 속에서도 자식을 낳아 행복의 보금자리를 만들어 가기 위해, 그리고 그 자식들만큼은 가난한 삶이 아닌 여유롭고 행복한 삶을 살기를 바라는 마음으로 어떻게든 대학을 보내고 서울로 유학을 보냈고, 잘 살아가길 바랐다.

"너희는 곱게 살아라. 엄마, 아빠처럼 고생하지 말고, 곱고 편안하게 살아. 좋은데도 많이 돌아다니고, 하고 싶은 거 마음껏 하면서 살았으면 좋겠다."

엄마, 아빠의 바람과는 다른 내 청춘을 지나왔지만, 나는 엄마,

아빠의 소원을 이루어 드리고 싶다. 마음껏 행복하게 이 삶을 살아보려고 한다. 가난한 사랑의 결말이 해피엔딩이 될 수 있기를 바란다.

당당하게 스쳐 지나가는 월급

내 통장 잔고가 잠깐이라도 두둑해지는 날, 매달 25일은 월급 날이다. 스치듯 지나가는 통장의 잔고를 볼 때마다 매달 내야 하는 월세비와 핸드폰 요금과 그 외의 생활비는 왜 이렇게 빠져나가는 게 많은지 라는 생각도 들지만, 그래도 이 월급 덕분에 생활도 할 수 있고 가끔은 나를 위해 맛있는 것도 먹을 수 있으니 감사하다. 누군가에게는 겨우 이 정도 벌면서 감사해? 라는 생각을 할 수 있는 월급이지만 그래도 나는 내 힘으로 열심히 한 달을 일하고 생활을 유지해 나가고 있다.

돈을 벌지 않았던 백수 생활을 30살이 넘어서까지 했었다. 부모님은 사지 멀쩡하고 대학도 나왔고, 호주도 다녀왔으면 내 앞가

림 정도는 할 수 있는 거 아니냐며 속이 타들어 갔지만 나는 뭐가 그리도 겁이 났는지, 아니면 뭐 그리 높은 꿈을 꿨던 건지 이력서 내는 것조차 무서워했었다. 솔직히 말하면 내가 원하는 것을 하기에는 내 조건이 부족했고 당장 할 수 있는 것들은 하고 싶지 않았다. 몇 년의 백수 생활 동안 생활은 늘 쪼들렸고 경제적인 개념이 제대로 갖춰지지 않은 나는 늘 경제적인 압박에 시달렸었다. 백수 생활은 시간은 많았지만 늘 돈은 부족했고, 오랜 백수 생활이 자신감을 떨어지게 하고 사람을 움츠러들게 했었다.

어느 날인가 낡은 지갑에는 며칠째 1,000원짜리 지폐 한 장과 각종 오래된 영수증과 커피 쿠폰으로 지갑이 두둑했던 날. 정처 없이 떠돌다 집에 돌아가는 밤에 고깃집에 삼삼오오 모여 웃고 떠들면서 고기를 구워 먹고 술잔을 기울이는 사람들을 볼 때면 나는 괜스레 서러워졌다. 나에게도 저런 날이 올까? 낡고 가벼운 지갑은 그날따라 유난히 더 가벼웠고, 사람이 그리워졌다. 아마 저 사람들은 같은 직장 동료들이겠지. 힘들고 고단한 하루를 지글지글 구워지는 고기와 알코올 냄새 가득한 술 한 잔으로 하루의 피로를 잊는 거겠지.

가끔 집에서 삼성역까지 버스를 타고 갈 때, 그리고 가끔 을지로 입구, 시청을 지나갔을 때 높고 빼곡히 들어찬 빌딩들을 보면서 왜 내가 일할 곳은 저곳 중 없는 거지? 라는 생각이 들 때가 있었다. 점심시간이면 우르르 빌딩에서 쏟아져 나오는 사람들. 목에는 어느 회사에 다니는지를 말해주는 사원증. 백수인 내 눈에는 소속이 있는 직장인들의 삶이 너무나 부러웠었다.

어른이 된 이후 내가 있을 곳을 찾지 못했던 나는 점점 무기력 해졌고 스스로를 무능력하다 느꼈었다. 점점 그렇게 자신감을 잃어 갔다. 작은 것 하나부터 시작하면 된다고 마음먹고, 내 두 발로 일어서서 걷기까지 참 오랜 시간이 걸렸다.

사회에 나오기도 전에 매달 갚아나가야 하는 대출 이자에 허덕이던 나는 직장을 다니면서 매달 월급에서 나가는 이자를 메꾸느라 허덕였다. 통장에 찍히자마자 나가는 대출 이자에 숨통이 막혀오는 듯했다. 내 삶은 왜 이럴까? 이 이자를 감당하면서 그래도 내가 쓰고 싶은 것 어느 정도 하면서 살려면 얼마를 벌어야 할까? 월급을 계산해 보니 소위 대기업 신입사원 연봉은 되어야 그래도 숨통이 조금 트일 것 같았다. 아무리 머리를 굴려 보아도 대기업에 들어가지 않는 한 방법이 없거나, 소위 말하는 직장을 옮겨 다니면서 연봉을 높이는 방법밖에는 없다.

연일 뉴스에서는 영끌 족에 관련된 기사와 부동산 집값 상승과 비트코인에 대한 뉴스가 보도된다. 누군가는 비트코인에 1억을 투자해 20억을 번 후 직장을 그만뒀다는 얘기도 나온다. 누군가는 집값이 작년에 비해 5억이나 올랐다고 한다. 서울 집값이 미쳤다고 말하면서 누군가는 그 안에서 혜택을 보고 누군가는 서울에 내 집 마련의 꿈은 점점 사라진다.

경제적인 개념이 없는 내가 참 바보처럼 느껴진다. 열심히 유튜브에서 나오는 주식공부와 부동산, 비트코인 등에 관련된 공부를 하려면 어떻게 해야 하는지 지인들에게 수소문해 본다. 지금이 마지막 기회라는 유튜브 영상에 마음만 조급해진다. 가난이 죄가 되어버린 시대에 나는 어떻게 살아남을 수 있을까를 생각해 본다.

가난은 무지에서 온다. 가난은 죄이다. 티끌 모아 티끌이라는 말들이 난무하는 시대. 과연 나는 어떻게 내 삶을 돌보고 지켜나가야 하는 것일까? 열심히 경제 관련 서적도 읽고 있지만 도대체 뭔 소리인지 오리무중이다. 결국은 자본이 있어야 하고 돈을 굴릴 줄 아는 감각이 있어야 한다. 시대의 흐름을 읽어야 한다. 통장에 찍힌 월급을 바라본다. 비록 많은 월급은 아니지만 내 힘으로 열심히 일하고 견디면서 나는 한 달을 버티고 있고, 일 년을 버텼다. 여전히 앞길은 안갯속이고 불안하지만, 내 힘으로 하나

하나 꼬여버린 내 인생의 실타래를 풀어 나가고 있다. 그래, 잘 하고 있어. 제법 씩씩하게 잘 해내고 있어.

아직 경제적인 부분에 있어서 많이 무지하지만 이제 경제 공부도 하면서 내 삶을 경제적으로도 풍요롭게 가꾸어 나가고 싶다. 잘 벌어서, 열심히 벌어서, 잘 쓰고 잘 살고 싶다. 비록 많이 돌고 돌아왔지만 그래도 포기하지 않고 내 인생을 잘 살아가고 싶다. 나의 실패한 과거가, 후회뿐인 과거가 삶의 동력이 되어 주고 있다. 삶을 버티고 살아가야 할 이유가 되어주고 있다.

월급을 받은 오늘 맥주를 사 왔다. 25일 오늘을 축하하는 나만의 작고 행복한 시간. 맥주 한 잔과 시원한 선풍기 바람, 그리고 내 꿈의 날개가 되어 줄 글을 쓰고 있는 금요일 밤. 나는 감사함을 느낀다. 금방 사라질 월급이지만 그래도 내 삶을 살아가게 해주고 있는 나의 월급에 감사한다.

그리고 나와의 약속
나와의 다짐

나는 반드시 내가 원하는 만큼의 경제력을 갖출 수 있다.
나는 꼭 그렇게 된다.

그 시절을 Go Back 할 수 없다

●

●

●

힘들면 괜한 고집 피우지 말고 돌아오라는 엄마와의 짧은 통화를 끝내고 터벅터벅 집으로 올라가는 길. 오늘도 나는 엄마와의 통화에서 이제부터 일자리도 알아보고 여기서 일 년은 채우고 돌아갈 거라고 걱정하지 말라며 자신만만하게 통화했는데 마음은 물에 젖은 솜처럼 무거워진다.

브리즈번에 온 지 어느새 두 달 정도가 지났다. 5주 과정의 어학원 과정도 끝났고 이제는 직접 생활 전선에 뛰어들어야 한다. 문을 열고 들어와 베란다에 앉아 한참을 창밖을 내다보니, 카트를 밀고 다니는 동양인들이 보인다. 그때 룸메이트가 내게 House Keeper 아르바이트 면접을 같이 보자고 제안한다.

House Keeper? 호텔 청소 일? 돈이 시급했기에 나는 무조건 하겠다고 하고, 룸메이트 동생을 따라서 다음 날 오전 우리가 사는 아파트 지하 주차장으로 면접을 보러 갔다.

지하 주차장 쪽으로 갔더니 머리를 짧게 민 외국인이 있었고 그분이 매니저라고 했다. 면접을 보고 있는데 옆에서는 동양인 학생들이 하얀 수건과 호텔 용품들을 카트에 정리하고 있었다. 그때 알 것 같았다. 내가 할 일이 저 일이구나.

이런 일을 해본 적이 있느냐는 매니저의 질문에 나는 온갖 아르바이트 경험을 얘기하면서 무조건 할 수 있다고 말을 했고, 매니저는 그럼 내일 오전 10시까지 지하 사무실로 오라는 얘기를 했다. 취직이 된 것이 기분이 좋아 그날 저녁은 룸메이트 동생들과 파티를 했다. 그 이후 벌어질 일들은 상상도 하지 못한 채.

다음 날, 오전 룸메이트 동생과 지하 사무실로 내려갔고, 일렬로 쭉 늘어선 동양인 친구들과 짧은 인사를 한 후 팀을 배정받았다. 인사를 나누다 보니 함께 일할 친구들은 모두 한국인이었다. 겨우 20대 초중반의 학생들이 이 멀리까지 와서 한 번도 해보지 않았던 일을 하면서 인생을 책임지기 위한 노력을 해나가고 있었다.

한국 대학생들은 호주 농장에서 일을 하기도 하고 나처럼 호텔

이나 오피스를 청소하는 일을 많이 한다. 우리는 무엇 때문에 이 머나먼 곳까지 와 애써 힘든 경험을 하고 있는 걸까? 누군가는 말했다. 배부른 경험이라고. 어쩌면 맞는지도 모른다. 하지만 떠나야만 느끼는 것들이 있고, 어느 문장처럼 우리는 돌아오기 위해 떠나온 건지도 모른다. 배정받은 룸을 열고 정해진 시간 안에 물기 하나 없이, 먼지 하나 없이 깨끗하게 청소하는 것. 그것이 우리의 일이다.

룸에 들어갔는데 난장판이었다. 과자 봉지와 빈 맥주캔과 어질러진 침대 시트. 먼저 룸의 쓰레기를 비우고, 화장실 청소를 한 후 물기 하나 없이 닦아내는 것이 중요하며, 화장실 휴지도 각을 딱 맞춰서 정리하는 것이 중요하다고 했다. 싱글 침대의 커버를 가는 것은 그리 어렵지 않았지만 퀸 사이즈는 너무 무거워서 들어지지가 않았다. 청소기를 돌리고 물건들을 정리하고 어메니티를 채우고 수건까지 모양을 만든 후 작은 수건 2개, 큰 수건 2개를 놓으면 다음 방으로 출발. 매니저가 돌아다니면서 룸 상태를 마지막으로 점검했고, 내게 빨리빨리 하라면서 너무 느리다고 지적을 했다.

첫날이라 정신도 없었고 온몸은 두들겨 맞은 듯 아파지기 시작했다. 저녁을 먹자마자 잠이 들었고 다음날도 여전히 팔다리가 쑤셨지만 늦지 않게 출근하기 위해 씻고 지하로 내려갔다. 청소할 룸을 배정받은 후 필요한 용품들을 챙겨 카트를 밀고 갔다. 같은 조의 한국인 여학생이 오늘은 퀸 사이즈 방이 많아 어제보다 좀 더 업무 강도가 높을 것이라고 했다.

긴 복도를 지나 햇살이 비치는 복도 끝 방문을 열고 들어갔다. 역시나 방안 가득한 빈 맥주캔과 생수병, 도리토스 과자 봉지. 쓰레기를 재빠르게 비우고 화장실을 물과 세제로 한번 헹구고 수세미로 쓱쓱 닦기 시작했다. 유리에 자국이 있으면 안 되기 때문에 힘껏 깨끗하게 청소하기 시작했다. 물기 제거와 화장지 갈아 끼우기, 어메니티 채워 넣기! 끝!

다음은 룸 청소다. 보기에도 매트리스가 엄청 크고 무거워 보인다. 같은 조인 친구와 낑낑대며 침대를 들어 양쪽에서 커버를 씌우기 시작한 순간 매니저가 들어오더니 낑낑대는 나를 보고 다짜고짜 소리를 지른다. 영어라 다 알아들을 수 없었지만 내게 왜 이렇게 힘이 약하냐, 왜 이렇게 느리냐고 혼을 내기 시작했다. 한국어로 들어도 서러울 판인데 영어로 혼나니 서러움이 더 북받치기 시작했다. 화장실 곳곳을 살펴보며 살짝 물기가 남아 있는 것을 지적했고 침대 시트의 조그만 구김도 잡아내며 이렇게 하면 안 된다고 알아듣지도 못하게 빠르게 말을 했다.

내일부터 나오지 말라고 했는지 내가 그만뒀는지는 기억이 나지 않는다. 그런데 그날 일이 끝나고 베란다에서 한 시간을 서럽게 울었던 기억이 난다. 브리즈번의 아름다운 하늘을 본 순간 눈물이 콸콸 쏟아졌다. 순간 엄마 목소리가 듣고 싶었다.

엄마는 울고 있는 내게 그 정도 각오도 안 하고 호주에 간 거냐며 그 정도도 못 이겨 낼 거면 당장 비행기 표 끊어서 한국으로 돌아오라고 화를 내셨다. 내겐 엄마의 따뜻한 말 한마디가 필요했다. '얼마나 힘들었니, 괜찮다. 인생은 그렇게 힘겨움의 연속이란다. 하지만 다시 마음먹으면 좋은 일도 생기는 거야. 넌 잘 이겨낼 수 있어'라는 엄마의 위로가 필요했다. '우리 딸은 할 수 있어!'라는 그 한마디가 절실하게 필요했다. 쏟아지는 눈물은 멈추지 않았다.

"누가 돌아가겠대?"

"끊어!"

뚜뚜 울리는 휴대폰 너머, 나는 눈물을 쏟아내면서 다짐했다. 어떻게 온 브리즈번인데, 내가 이곳에 오기 위해서 얼마나 노력했는데, 절대 빈손으로 돌아가지 않을 거야. 이대로 포기하지 않을 거야. 브리즈번의 노을 지는 하늘을 바라보면서 나는 다짐하고 또 다짐했다. 절대 이대로 돌아가지 않을 거야. 눈물을 닦아내고 마음을 다잡았다. 마음 독하게 먹자.

세월이 흐른 후 알게 된 사실은 엄마도 그날 나와의 통화 후 서러움과 걱정에 잠 못 이루셨다는 사실이다. 타지에서 자식이 울면서 서럽게 전화했으니 마음이 편한 부모가 어디 있으랴. 내가 운 것만큼 엄마 속은 더 찢어질 듯 아팠겠지. 다시 그때 그 순간으로 돌아간다면 나는 엄마를 안심시켰을 것이다. 엄마에게 약한 모습 대신 잘 지낸다고 씩씩하게 말했을 것이다. 내가 아프면 엄마는 더 아프다는 사실을 알면서도 나는 늘 왜 이렇게 엄마 앞에서는 어리광이 부리고 싶은 걸까? 브리즈번에서 Go Back 하지 않았던 나의 다음 여정은 쉽지 않았다. 고백한다. 그래도 그 시절에 감사하다고.

그거 알아? 꽃은 흔들리면서 핀대

아침 7시, 힐튼 호텔은 이른 아침에도 불구하고 분주하다. 인포메이션 데스크를 찾아 일을 하러 왔다고 말을 하니 행사장의 입구를 알려준다. 룸 형식의 커다란 연회장에 도착하니 둥근 테이블 두 개를 중심으로 바쁘게 행사 준비를 하는 사람들이 왔다 갔다 한다. 매니저로 보이는 분이 나를 보더니 오늘 일을 하러 온 F&B Attendant인지 묻는다. 나는 가볍게 내 소개를 하고 지시대로 테이블 세팅을 하기 시작했다.

한 시간도 채 지나지 않아 연회장은 아름답고 완벽하게 세팅이 되었고, 정면에는 플래카드가 걸리고 마이크도 세팅이 되었다. 호주 퍼스 정부에서 직접 진행하는 행사라니 어떤 사람들의 모임인지 궁금해졌다.

"자, 이제 준비됐죠?"라는 매니저의 활기찬 목소리를 시작으로 연회장의 문이 열리더니, 시간이 조금 지나자 정장을 말쑥하게 차려입은 외국인들이 연회장으로 들어오기 시작했다. 각각 이름이 세팅되어 있는 곳에 사람들은 앉기 시작했다. 조찬 시작 전 오늘의 행사에 관한 간단한 안내가 나왔고, 나는 그 사이에 테이블 위에 요리를 올려놓았다. 그 후에는 테이블 주변을 돌아다니며, 물과 음료를 빈 잔에 따르기도 하고 필요한 건 없는지를 확인했다. 식사가 끝나자 다음은 디저트와 커피와 차를 다시 준비해서 테이블 위에 다과를 올려놓았다.

깔끔하게 정장을 차려입은 중년의 신사가 마이크 앞에 서서 오늘의 행사에 대한 축하 연설을 하기 시작했다.

"오늘 이 자리에 참석해 주신 여러분께 먼저 감사드립니다. 오늘은 매우 뜻깊고 의미 있는 날입니다. 사람이 환경을 극복하는 건 쉬운 일이 아니죠. 여기 그 한 사람이 있습니다. 그녀를 소개할 수 있어서 영광입니다."

사람들은 손뼉을 치기 시작했고, 한 여성이 마이크 앞으로 나갔다. 호주 원주민 여성이었고, 깔끔한 네이비 정장을 입은 그녀는 중년의 신사와 간단한 포옹을 한 후 꽃다발을 품에 안고 활짝 미소를 띤 후 소감을 말하기 시작했다. 그녀가 무슨 말을 하는지 완벽하게 알아들을 수는 없었지만 그녀의 말을 이해할 수 있었다. 옆에 있던 매니저는 내가 더 잘 이해할 수 있게 조용히 내게 설명을 해줬다.

"호주 원주민들은 정부의 지원 덕분에 재정적으로는 가난하지는 않아요. 하지만 공짜로 나오는 정부의 지원금으로 마약과 술을 하고, 자녀 교육에 무관심한 사람들이 많아요. 그래서 교육적인 혜택이나 정서적인 안정감을 느끼지 못하는 원주민 아이들이 많아요. 부모들이 무관심한 경우가 많죠. 그런데 오늘의 주인공인 저 여성은 그러한 환경에도 불구하고 열심히 공부해서 정부의 중요한 자리에서 일하게 됐어요. 호주 원주민 아이들의 교육 환경 개선을 위해 일하고 싶다는 멋진 뜻을 밝혔고요. 참 멋지죠? 자신의 환경을 의지로 극복해 낸 거예요."

마이크 앞에 당당하게 선 그녀가 참 멋져 보였다.

호주 원주민들의 아픈 역사를 잘 이해하진 못했지만, 영화 〈오스트레일리아〉를 본 적이 있었다. 백인들에 의해 삶의 터전을 빼앗긴 호주 원주민들은 점점 사막의 변두리로 쫓겨났고, 그들이 마땅히 누려야 할 것들로부터 멀어졌다. 그들은 그렇게 자신들의 터전에서 이방인으로 살아가게 됐다.

시드니 오페라 하우스 근처에서 호주 전통 악기를 부는 눈빛이 반짝이는 원주민을 본 적이 있다. 짧은 시간이었지만 그 눈빛만큼은 기억난다. 그리고 오늘 마이크 앞에 선 그녀의 눈빛 속에서 나는 비슷한 강렬한 눈빛을 느꼈다.

"리즈도 한국에서 꿈을 위해 이곳에 왔다고 했죠? 그녀를 잘 봐 둬요. 지금 힘든 순간이 많겠지만 절대 꿈을 포기하지 말아요. 환경은 의지만 있으면 극복해 낼 수 있어요."

내게 따뜻한 말을 해주는 매니저가 참 고마웠다. 활짝 웃으며 사람들과 포옹을 하고 악수를 나누는 그녀를 계속 바라봤다. 그녀가 눈부시게 빛나 보였다. 환경을 극복한다는 것, 그것도 아무도 자신을 지켜주지 못하는 환경을 극복해낸다는 것이 쉬운 일이 아닌데….

누군가는 삶의 목적을 가지고 환경을 극복해 내고 누군가는 삶이 주는 고통에 꺾여 환경에 굴복한 채 살아간다. 그 이후로 가끔 그녀가 생각났다 그날의 장면들과 대화들은 아주 오랫동안 내 기억에 남아 있다. 한국에 돌아온 이후 내가 환경을 극복하지 못한 채 굴복당했던 순간에도 그녀의 당당한 웃음이 나를 질책했다.

한때 꿈에 나의 모든 것을 걸 수 있으리라 믿었던 자신감은 내 안에서 사라지고 빈 껍데기만 남은 채 초점 없이 희미한 삶을 살아가고 있을 때는 그녀가 기억나지 않았었다. 하지만 어느 순간 그녀가 내게 다시 강렬한 기억으로 살아남아 내게 속삭였다. 다시 시작해 보라고.

"리즈, 꿈을 절대 포기하지 말아요. 그녀를 잘 봐줘요."

검은색 정장을 차려입은 매니저가 하는 말들이 10년이라는 시간을 넘어 내 마음을 흔든다.
목적 없이 흔들리고 무너지기만 했던 삶인 줄 알았는데 잊힌 줄 알았던 꿈은 다시 내 안에서 잔잔한 물결을 일으킨다. 20대 꿈 앞에 당당했던 내가 내게 말한다.

"저는 꿈을 꼭 이룰 거예요."

흔들리면서 꽃이 피어나는 거라는 사실을 나는 뒤늦게 알았다. 흔들리면서 꽃피워내야만 하는 게 꿈이라는 것을 나는 시간이 흐르면서 알았다. 계절마다 피어나는 꽃이 다르듯, 사람마다 피어나는 시기도 다르다는 것을 나는 기억하며 살아가고 싶어졌다. 그리고 반드시 나라는 꽃을 피워내고 싶어졌다.

서툰 내가 너를 사랑한다는 건

청춘이 늘 달콤했던 건 아닌데,
청춘이 늘 눈부셨던 건 아닌데,
청춘이 늘 빛났던 건 아닌데,
이렇게 그리워지는 걸 보면
그때의 그 시절은 눈부시게 아름다운 인생의 한 페이지였나 봐.

늘 그 시절이 떠오르는 건 아니지만 문득문득 가슴에 훅 그리움
이 번질 때가 있다. 특히 요즘처럼, 하늘이 눈부신 날은 그날의
기억들이 떠오른다. 늘 내 사진 속에 있었던 사람, 늘 내가 바라
봤던 사람. 한 사람을 사랑했었다. 그리고 한 사람과 이별을 했
다. 내 청춘이 가장 빛나던 시절 내게 머물렀던 사람. 그 사람에

대한 이야기를 하려고 한다. 누구나 가슴 안에 그런 미련쯤은 간직하고 있을 테니까.

처음 그 사람을 만난 날, 나는 그를 사랑하게 됐다. 그의 미소가 좋았고, 그의 말투가 좋았고, 그가 나를 볼 때마다 심장이 터질 것만 같았다. 그 사람도 나를 사랑할 수 있게 해 주세요. 나는 그를 만나고 난 후 기도했다. 종교가 있는 것도 아닌데 꼭 이럴 때는 세상의 모든 신을 찾는다.

26살, 동갑내기. 우리는 어렸고 가진 것 아무것도 없는 가난한 유학생 신분이었다. 하지만 함께 거리를 걷는 것만으로도 행복했고 파인트 맥주 한 잔에 행복했다. 그와 헤어지는 길이 아쉬웠고 베란다에서 룸메이트들을 피해 몇 시간이고 통화하는 그 순간이 좋았다. 밤하늘의 모든 별들이 우리를 축복하는 기분이었다.

그런데 사랑하면 할수록 나의 서툰 감정 표현은 그 사람을 힘들게 했다. 마음을 열려고 하면 할수록 나는 끊임없이 그를 밀어냈다. 변덕스러운 나의 감정 기복에 그 사람은 지쳐갔다. 서로 사랑하기도 부족한 시간인데 나는 왜 이렇게 너에게 상처를 주는 걸까? 네가 내민 손을 잡으면 되는 건데 난 뭐가 이렇게 두려운 걸까? 흔들리지 않을 것 같던 너의 마음이 지쳐가고 있었다는 것을…. 오래전부터 너도 힘들어하고 있었다는 것을 알면서도 나는 왜 모른 척했을까?

눈부신 계절 4월의 어느 날, 그와 나는 이별했다. 내게 이별을 통보한 그는 마지막 한마디를 남겼다.

"혜영아, 나는 너를 진심으로 사랑했는데 난 늘 너의 빈 껍데기를 사랑하는 기분이었어. 네가 혼자서도 행복하길 바라. 혼자서도 행복할 수 있는 사람이 함께할 때도 행복할 수 있다는 것을 네가 알기를 바라."

그를 온 마음을 다해 사랑하면서도 사랑 앞에 겁이 많았던 나는 결국 그와 이별했다. 견고할 것 같던 사랑은 모래성처럼 무너졌고, 나를 사랑한다던 그는 나를 떠나갔다. 왜 우리가 헤어져야 하는 건데? 나는 쏟아지는 눈물을 참지 못하고 그에게 마지막 애원을 하기 위해 전화를 했다. 마지막이라는 것을 알았다. 정말 그와 나는 마지막이라는 것을 알아 버렸다.

시간이 흘러 알았다. 그를 사랑하는 내 마음이 텅 비어 있었다는 것을. 나를 사랑하지 않았던 나는 온전히 그를 사랑할 수 없었다는 사실을. 늘 그를 힘들게 했고, 그의 마음에 상처를 냈고, 그를 온전히 있는 그대로 받아들이지 않았다는 사실을. 그와의 헤어짐을 생각했었고, 그가 날 떠날지도 모른다는 생각을 했었다. 그는 뭐가 그렇게 불안한 거냐고 말했고, 나는 그를 사랑하면 할수록 그를 밀어냈다. 그의 마음은 지쳐갔고, 나는 불안했다. 나를 사랑하지 않았던 나는 온전히 그를 사랑하지 못했다. 내 마음은 가난했고, 나를 향한 그의 사랑이 흘러넘칠수록 나는 그런 그를 당연하게 생각했다. 그는 그런 나를 떠나기로 결심했고 우리는 그렇게 이별했다. 마음이 가난한 나를 그도 이제 사랑하지 않기로 결심했다. 우리는 그렇게 헤어졌다.

나를 사랑하지 않았던 나를 사랑했던 너는
참 아팠겠다…..
참 지쳤었겠다….

나조차 나를 사랑하지 않았던 그 시절,
나를 사랑했던 사람아.
내 눈이 행복으로 반짝이던 순간에 늘 네가 있었어.
내 마음이 슬픔으로 가득 차던 순간에도 넌 늘 내 곁에 있어 줬었는데….

나를 사랑했던 사람아

그리고 가난한 내가, 사랑했던 사람아

비록 우리는 이제 서로에게 추억으로 남았지만,
청춘의 눈부신 그 시절을 함께해 줘서 고마워.

안녕, 내가 사랑했던 사람아.

눈물을 쏟아내겠습니다

●

●

●

그런 날이 있다. 눈물을 쏟아내야만 다시 일어날 수 있을 것 같은 날. 인생에 꼭 그러한 순간들이 필요하다. 감정에 솔직한 어른이 되는 것, 그리고 그 감정에 책임을 지는 것. 그것이 어쩌면 어른의 품격이 아닐까 라는 생각을 한 적이 있었다. 하지만 솔직만 하기에는, 내 감정에 충실하기에는 세상은 너무나 많은 타인의 시선과 생각들이 있다. 우리는 타인의 삶 속에서 나를 지켜낼 수 있는 어른이 되어가고 있는 것일까?

4월의 어느 주말 오후, 아파트 단지를 지나는 길목 놀이터에서 아이들이 신나게 깔깔거리며 놀고 있다. 아이들의 해맑은 웃음소리와 눈부신 4월의 햇살과 나무들의 춤추는 소리가 정겹다. 참 좋은 날이구나…. 놀이터를 지나가는데 한 여자아이가 울먹울먹하고 있다. 친오빠처럼 보이는 남자아이가 옆에서 피가 난다며 여자아이를 달래고 있다. 그냥 지나칠 수가 없어서 여자아이에게 물티슈를 건넸다. 넘어지다 이를 다쳤는지 너무 아픈데 피가 나는지 안 나는지 계속 옷소매로 자신의 이를 닦아낸다. 다행히 피는 나지 않는다.

"괜찮아, 괜찮아. 많이 아프고 속상하겠구나"라는 말에 여자아이가 갑자기 대성통곡을 하기 시작한다. 계속해서 피가 나는지 안 나는지 물티슈로 닦아내며 확인을 한다. 하얀 물티슈에 피가 묻어나지 않았는데도 많이 아픈가 보다.

"많이 아프겠구나. 어휴…. 그래도 씩씩하네. 울어도 괜찮아!"
눈물, 콧물 다 쏟아내는 아이. "엄마한테 갈까?"라는 말에 그래도 놀고 싶은지 고개를 흔든다.

"그럼 일어날까?" 하고 내미는 내 손에 울면서도 아프면서도 씩씩하게 다시 일어선다.

그래, 그런 건가 봐. 결국, 다 울어야, 내가 아픈 걸 다 울어내야만, 울고 난 후에야 다시 일어날 수 있는 건가 봐….
넘어져서 아프면 그냥 마음껏 울면서 눈물, 콧물 다 쏟아낼 시간이 있어야 하는 건데, 그래야 아프지만 다시 아무렇지 않게 또 신나게 웃고 떠들 힘이 생기는 건데….

눈물, 콧물 흘리며 자신의 감정을 쏟아내는 어른이 되기보다는 울지 않고 감정을 감출 줄 아는 것이 더 괜찮은 나라고 생각했던 걸까? 결국 참지도 못할 거면서도 언젠가부터 눈물을 꾹꾹 참아내는 게 습관이 되어 버렸다. 왜 난 그게 더 어른스럽고 용기 있는 모습이라고 생각했을까?

어린 시절, 내가 7살이었던 어느 날. 많은 사람들 앞에서 웅변을 했던 날이 있었다. 내성적이었던 내게 자신감을 키워주고 싶었던 엄마는 그해 우리 동네 내 또래 친구들이 다니던 웅변학원에 보냈다. 그 시절의 모든 기억이 선명하지 않지만 그날. 웅변대회가 있었던 그날만큼은 기억이 선명하다. 커다란 강당에 사람들이 앉아 있었고, 노란색 원복을 입은 나는 긴장한 채로 무대에 올라섰다.

"개굴개굴 개구리….."라고 두 손을 뻗는 순간 나는 왈칵 눈물을 쏟아 냈다. 사람들은 놀래서 수군거렸고, 엄마와 원장 사모님이 무대에 선 나를 달래기 시작했다. 엉엉 울음을 터뜨리는 나를 달래느라 바쁜 원장 사모님과 엄마는 이런저런 방법으로 나를 달래보지만, 눈물은 멈춰지지 않는다. 극심한 긴장감이 어린 나를 사로잡았는지도 모른다.

"혜영아, 왜 우는 거야? 눈물 뚝 그치면 선생님이 예쁜 인형 사줄게."

나는 인형을 사준다는 말에 눈물을 그치려고 애썼지만 눈물은 여전히 멈춰지지 않는다. 시간이 조금 지나자 눈물도 멈추고 콧물도 멈춰진다. 마음도 진정되기 시작한다. 다시 무대에서 웅변을 할 수 있겠냐는 선생님의 말씀에 나는 할 수 있다고 해보겠다고 고개를 끄덕였다. 선생님은 내게 인형을 꼭 사주겠노라고 새끼손가락을 걸고 약속을 하셨다.

신기하게 실컷 울고 났더니 처음 무대에 섰을 때보다 긴장이 덜한다. 무대에 올라선 나는 두려움을 이겨낸 채 끝까지 개굴개굴 개구리를 외치고 무대에서 내려왔다. 일곱 살짜리 볼 빨간 여자아이가 큰 소리로 울고 다시 올라와 끝까지 해내는 모습이 기특했는지 사람들은 크게 박수를 쳐줬었다. 그때의 기억이 선명한 건 아마도 최초로 나를 극복한 사건이었기 때문이었는지도 모른다.

겁쟁이에 부끄럼쟁이었던 내가 당당하게 나를 마주했던 순간. 눈물을 쏟아내고 큰 목소리로 내 목소리를 냈던 순간. 이제는 내가 눈물 흘려도 내 눈물을 멈추게 하기 위해 어르고 달래줄 어른들은 내 곁에 없다. 내 기억 속 그 볼 빨간 일곱 살짜리가 여전히 눈물을 그치고 다시 세상 밖으로 나오기 위해 고군분투하고 있다. 어쩌면 일곱 살 어린 시절 그때의 나는 진짜 용감했는지도 모른다. 눈물, 콧물 쏟아낼 만큼 내 감정에 충실했으니까.

삶의 순간에서 눈물이 날 것 같을 때는 실컷 울어도 좋다. 그게 일곱 살짜리 꼬마 아이든, 중년의 나이 든 어른이든. 우리에게는 가끔 실컷 울어야 하는 순간이 필요하다. 내 감정에 솔직하기 어려운 인간관계와 사회생활 속에서 매 순간 내 감정에 솔직할 수는 없더라도, 내 감정이 아프지 않게 나를 돌보는 것이 필요하다. 일곱 살짜리 꼬마 아이의 본능적인 눈물은 이제 눈물을 꾹꾹 참아낸 후 흘리는 즙 같은 눈물이 되었다. 그래서 어른의 눈물은 더 아프고 아프다.

살아가면서 눈물 흘려야 하는 순간에는 그래도 실컷 울 수 있는 내가 되었으면 좋겠다. 눈물을 참는 것만이 정답이 아닌 세상. 더 이상 써지지 않는 다음 문장에서 창밖을 멍하니 바라본다. 가을비가 세차게 쏟아지고 있다. 속이 시원하다.

드라마 속 주인공처럼 살고 싶어요

●
●
●

유학생에게 드라마는 가족이자, 고향이다. 마른 땅에 스미는 빗물처럼 한국어 대사는 가문 일상의 단비니까. 느린 인터넷 탓에 시도 때도 없이 인터넷이 끊길지라도 인내의 밑바닥을 매일 뚫는 수행자의 마음으로 시청했다. 노희경 작가의 '그들이 사는 세상'은 지금도 참 좋아한다.

"드라마 속 인물처럼 살고 싶었다. 동료가 잘나가면 가서 진심으로 축하해 주고, 자격지심 같은 건 절대 없으며, 어떤 일에도 초라해지지 않는 지금 이런 순간에도, 큰 소리로 괜찮다고 할 수 있는 그런 인물이 되고 싶었다. 그런데, 왜 나는 괜찮지 않은 걸 늘 들키고 마는지."

드라마 속 지오의 독백은 나의 독백이기도 했다. 나이가 차고, 자리가 생기면 자신감도 생기고 내 할 말은 하고 살 줄 알았다. 마흔이 되면 그럴 줄 알았다. 그로부터 세월이 꽤 흘렀지만, 그의 독백은 여전히 내 삶 언저리에 고여 있다.

얼마 전 정규직 직원이 들어왔다. 의자 하나가 찼으니 곧 업무 조정이 있을 것이라 했다.

"정규직이 들어왔으니 내년이 불안하겠다. 회사에 너무 기대하지 말아요. 본인만 상처받아."
저기요, 이런 상황에서 그런 말은 상식 밖의 말 아닌가요? 이 안에서 저의 정체성이 파견직이란 사실을 굳이 각인시키지 않아도 제가 더 잘 알아요라고 한마디 쏘아붙이고 싶었다.
좋다가도, 이런 얘길 들으면 일이 재미없다. 난 왜 이러고 살까? 환절기 감기처럼 반갑지 않은 질문은 내게 돌아왔다.

정규직 얘기가 있고 나서부터 업무시간에 부쩍 멍해질 때가 잦아졌다. 정신 차리자 싶어 다잡고 일에 집중하려고 하려다가도 곧 방향을 잃고 멍하거나 허무해지는 감정이 밀려왔다. 어떨 때는 이유도 없이 눈물이 쏟아질 것 같아 당황스러운 일도 있었다.

나 왜 이러는 걸까? 나는 무엇을 위해 사는 걸까? 가을이 오기 전 이미 내 마음은 낙엽이 수북한 적막한 가로수 길을 혼자 거닐고 있었다.

아무리 열심히 해도 정규직이 되진 못할 거야. 뿌리를 내리지 못한 나무는 살 수 없으니까. 안에서부터 야금야금 비어가다 껍데기만 남으면 무너지겠지. 그전에 알아서 그만두는 게 그나마 내 자존심을 지키는 길인 것일까. 의자에 앉아만 있었지 머릿속은 제멋대로 쑤셔놓은 짝짝이 양말 서랍 속 같았다.

처음 이 회사에 들어왔을 때 전 회사와는 너무 비교될 만큼 좋은 업무 환경에 감사했다. 나는 성장하고 싶었다. 일을 배우려는 의지 하나로 버텼다. 차별의 시선 정도는 받아들일 정도의 나이는 됐다고 자신을 다독이며 일했다. 하지만 새 의자가 들어올 때마다, 한자리가 정리되는 광경을 목격해야 하는 삶 속에서, 아무렇지 않게 자기 정신을 붙들고 산다는 건 쉬운 일이 아니었다. 불안해지면 계약 기간이 끝나는 날을 꼽아보게 된다. 그러면 더 불안해진다. 종말과 연장 가운데 어떤 결정이 내려질지 그것에 목메는 삶에 무슨 꿈, 행복 따위가 가당키나 한가 싶은 생각이 나를 괴롭혔다.

혼들리는 나를 생각했다. 나를 흔드는 것들에 대해 생각했다. 오래오래 나는 이 생각을 했다. 크게 차별을 당한 것도 아니고 누군가 파견직이라고 대놓고 무시한 것도 아닌데 나는 왜 이렇게 흔들리고 있을까? 내 생각의 이면을 들여다본다. 사회가 정한 틀이 나를 이렇게 흔들리게 할 만큼 여전히 중요한 걸까? 중요하지 않기를 바랐다. 당당하고 꿋꿋하게 살아가기를 바랐다. 나는 존재 자체로 소중하다고 당당하게 외치고 싶었다. 그러나 나는 계약 날짜에 불안해하고, 정규직, 비정규직, 파견직에 위축되는 여전히 사회가 정한 기준에 흔들리고 있다.

불안한 삶 속에서 바람에 흔들리듯 금방이라도 꺼져 버릴 것 같다. 자존감에 관한 책 수십 권을 읽으면 내 자존감은 단단해질 줄 알았는데 머리로는 이해되는 것들이 가슴에서는 이해되지 못하나 보다. 나의 초라함과 민낯을 매번 마주할 때마다 나는 어쩌자고 이런 초라한 어른이 되어버렸을까를 생각해 본다. 나는 왜 가슴 깊은 곳에서부터 실컷 웃을 수 없을까를 생각해 본다. 쓴웃음 뒤의 견디기 힘든 초라함을 견뎌야 하는 것이 삶일까를 생각해 본다.

드라마 속 주인공처럼 살고 싶었다. 어떠한 상황에서도 씩씩하고 당당하게 자신의 삶을 헤쳐나가고야 마는 그런 주인공이 되고 싶었다. 하지만 조금은 알 것 같다. 우리 삶은 드라마와는 다르다는 것을. 짠하고 드라마틱한 사건들이 일어나지도 않고, 다만 하루하루의 고단함을 견뎌야 하는 것이 삶이라는 것을. 매일 일상을 반복해야 하고 그 지루하고 고단한 일상에서 그럼에도 불구하고 반짝반짝 빛나는 삶의 이야기들이 있다는 것을. 결코 인생은 드라마가 아니라는 것을.

3장

청춘 공백, 청춘 고백

사주 좀 봐주세요

●

●

●

저녁 8시쯤, 석촌호수를 걷다 보면 '사주, 작명, 손금'이라는 푯말 앞에 한 60대쯤 되어 보이는 아저씨가 휴대용 의자에 앉아 책을 읽고 있다. 늘 궁금했다. 똑같은 자리에 똑같은 시간에 같은 책을 보고 있는 그 아저씨가. 아니 사실은 고민 많은 내 인생이 어떻게 풀려갈 것인지가 궁금했다. 누군가에게 어떤 얘기라도 듣고 싶었는지도 모른다.

저녁에 집에 혼자 있으면 생각만 많아지고 가슴이 답답해 며칠을 석촌호수를 산책했다. 걷다 보면 저녁 하늘도 보게 되고, 가슴도 뻥 뚫리는 것 같고 복잡했던 머릿속 잡념들도 사라지니 이어폰을 꽂고 천천히 산책을 하는 것이 요즘 내 유일한 낙이다.

'재미 삼아 사주 한 번 봐볼까? 에이, 아니야. 어차피 똑같은 얘기만 들을 텐데…. 돈만 낭비하는 거지, 그래도 한 번 봐볼까? 다른 얘기를 해줄지 모르잖아.'

아저씨가 멀리서 보일 때마다 고민만 하던 나는 몇 날 며칠을 그냥 궁금함을 누른 채 지나간다. 그리고 드디어 일주일도 안 된 어느 날, 여전히 같은 자리에 앉아 있는 아저씨를 향해 나도 모르게 가만히 맞은편 자리에 앉는다.

"그래, 뭐 봐 드릴까?"

"사주 좀 봐주세요."

생년월일과 태어난 시를 묻는 아저씨의 질문에 대답했다.

병원이 아닌 집에서 태어난 나는 엄마, 아빠 말에 의하면 자정이 넘어가는 시점에 태어났다고 했다. 그때는 집이 가난해서 시계도 없어서 시간은 정확히 모른다고 했다.

"뭐가 이렇게 고민이 많아. 아주 세상 고민 등 뒤에 다 짊어지고 있는 사람처럼. 아가씨 눈에 슬픔이 가득하네."

"제 눈에요?"

"응."

슬픔은 감춰지지 않나 보다. 하긴 이 늦은 저녁에 젊은 여자가 운동을 하다 말고 털썩 자리에 앉았으니 당연히 고민 많고 사연 많아 보였을 것이다. 이리 힘든데 어찌 버티고 있는 거냐며, 지금이 너무 힘든 시기인데 어디 의지할 데도 없구먼 이라 말하는 낯선 이의 말에 왜 왈칵 눈물이 쏟아질 것 같았다. 몇 년 안에는 좋아질 거라면서 힘든 시기를 잘 버티다 보면 좋은 날이 올 거라고 말한다. 아저씨는 내 눈치를 살피는 건지 더는 말을 하지 않는다.

"인생이 그럴 때가 있어. 아무리 죽어라 노력해도 이상하게 일이 꼬이기만 하고, 어떤 때는 생각지도 않게 일이 쉽게 풀리는 때도 있고. 인생이 그런 거야. 매일 좋기만 한 인생도 매일 나쁘기만 한 인생도 없는 거야. 그러니까 이 시기 꼭 잘 버텨요. 아가씨."

나는 왠지 그 아저씨의 말이 안심이 되고 위안이 된다. 내가 힘든 게 내 잘못이 아니구나라는 생각이 들었다. 늘 자책으로 스스로 인생을 엉망으로 만들었다고 생각했는데 이 잘못된 것 중 적어도 1퍼센트는 나의 잘못은 아닐 수도 있다는 괜한 안도감이 들었다. 낯선 이가 지금 힘든 게 아가씨 잘못만은 아니라오 라고 해주는 말이 사주가 그런 걸 아가씨 힘으로 어쩔 수 없는 거야라는 그 말이 왜 이렇게 힘이 되는 건지…. 내가 어쩌면 지금 그 순간에 가장 필요했던 말이었는지도 모른다.

"네 잘못이 아니야. 얼마나 힘들었니. 얼마나 아팠니."

나는 그 말이 필요했는지도 모른다. 나는 내가 미치도록 부끄러웠다. 과거의 나를 돌아보는 건 어렵고 아득하게 느껴진다. 무기력하고 우울하게 살아왔던 내 청춘의 공백기는 내가 극복해야 할 대상이기도 했지만 영원히 극복할 수 없는 장벽처럼 느껴졌다. 충분히 열심히 살았던 시간들은 멀게만 느껴졌고, 길었던 청춘의 공백기를 무엇으로 설명해야 하는 건지 나는 새로운 시작 앞에서 늘 두려웠다.

이력서를 쓸 때, 사람들을 만나 내 과거를 설명해야 하는 순간이 나는 가장 두려웠다. "호주 다녀와서 그럼 뭐 했어요?"라는 그 질문이 나는 무서웠다. "그냥 놀았어요"라고 대답하면 "생활비는 어떻게 충당했어요?"라는 묻지 않았으면 하는 질문들을 호기심에 물어보는 사람들이 무례하다 생각했지만 나는 그 무례한 질문에 위축됐다.

나는 나를 설명할 수 없었다. 내 청춘의 공백기가 그들에게 편견이 되는 것이 싫었다. 그러면 그럴수록 나는 시작이 무서웠고 사람들을 피하기 시작했다. 아무도 나에게 묻지 않았으면 했다. 내가 무엇을 했는지, 생활비는 어떻게 감당했는지, 왜 일을 하지 않았는지.

내 부끄러운 시간들 속에서, 아프기만 했던 나의 시간 안에서 나는 그 시간을 미워하기만 했다. 과거는 그만 놓아주어야 하는데, 이제 그만 시간이 흘러가게 내 버려둬야 하는 건데, 나는 그 시간이 여전히 아프다. 지나간 과거 속에서 꼼짝 못 하는 나를 향해 친구는 말한다.

"심혜영, 누가 그렇게 궁금한 척하거든 당당하게 말해. 돈 주고 인생 공부 열심히 했다고. 제발 어깨 좀 펴. 남들이 널 도와주는 것도 아닌데 뭘 그렇게 남들 눈치 보고 사니? 제발 당당해져."

친구의 말이 맞다. 큰돈 들여서 쓰디쓴 인생 공부를 한 게. 그런 시간이 있었기에 지금 이 순간을 포기하지 않을 수 있었다. 그만큼 이 순간을 버틸 힘이 생겼다. 중요한 건 지금 이 순간이고, 과거의 아픈 경험 역시 그 나름의 이유가 있는 거겠지. 그래도 다시는 경험하고 싶지는 않다. 부끄러운 지난 시간을 통해 지금의 나를 만날 수 있었으리라 믿으며, 이제 그만 나의 과거를 놓아주려고 한다. 청춘의 공백기를 무엇으로 채웠든, 그 과거 역시 나이기에. 지금 이 순간들을 잘 채워나가다 보면 언젠가는 진짜 내 청춘의 공백기를 극복하는 순간이 올 거라고 믿으면서.

언젠가 어느 날, 나도 누군가의 힘든 시기에 따뜻한 위로가 될 수 있기를 바라면서. 그때는 "저기요. 믿기 힘드시겠지만 저도 그렇게 죽을 것 같이 아프고 세상에 아무도 없는 것처럼 외로웠던 날이 있었어요. 그때는 이런 날을 상상하기 힘들었어요. 제 청춘 공백기에 대해서 들어보실래요?"라고 손 내밀어 줄 수 있기를.

바짝 마른 빨래에서 나는 햇살 냄새

●

●

●

"아직도 정신 못 차리고 그렇게 마음대로 살 거면 너랑 엄마, 아빠 인연은 끝이야!! 이제부터 너한테는 부모도, 형제도 없으니까 정신 바짝 차리고 살아!!"

나는 왜 이렇게밖에 못 산 걸까? 도대체 내 인생은 어디에서부터 잘못된 걸까? 나 다시 시작할 수 있을까? 집을 빼고 고시원에 들어가든 이제부터 혼자 알아서 살라는 부모님의 엄포에 나락으로 떨어지는 기분이 들면서도 어떻게든 이 서울에서 버텨야 한다는 생각이 들었다. 인터넷을 뒤져 고시원도 알아보고 1인 가구에 관련된 정보들을 찾아봤다. 그때 셰어하우스 광고를 보게 됐고, 나는 전화를 바로 걸었다.

낡은 아파트, 초인종을 눌렀다. 매니저가 문을 열어주고 방을 보여 줬다. 창문 없는 작은방, 주방 옆에 딸린 미닫이문이 있는 곳이었다. 갈 곳 없는 나는 이곳을 바로 계약했다. 집을 계약한 후, 이삿짐 트럭을 알아보고, 10년 된 묵은 짐들을 정리하기 시작했다. 무슨 쓸데없는 잡동사니가 이렇게 많은지, 먼지는 왜 이렇게 많은지, 버려야 할 물건들이 너무 많다. 안 읽는 책들은 중고 서점에 내다 팔았다. 몇 날 며칠의 짐 정리는 비우고 비워도 비워지지가 않는다. 나 그동안 진짜 엉망으로 살았구나.

9월의 눈부시게 맑은 날, 나는 이사를 했다. 주인집 아주머니, 아저씨가 내게 인사를 해주신다.

"혜영 씨, 무슨 일인지 모르겠지만 이렇게 급하게 이사 가니 마음이 안 좋네…. 무슨 일이 있든지 간에 잘 지내요. 다 잘될 거예요."

쏟아질 것 같은 눈물을 꾹꾹 눌러 담는다.

"그동안 감사했습니다."

마지막으로 내가 살았던 공간을 바라본다. 미안해…. 그동안 이곳에서 행복하고 싶었는데 행복하지 못했네. 서울 하늘 아래 내 공간이 있다는 것의 소중함을 나는 참 뒤늦게 알았다. 늘 지나고 나서야 후회를 한다.

이사를 한 첫날은 정신없이 급한 짐들을 정리하느라 바빴다. 다음 날 일찍 일어나 세탁기에 빨래를 돌린 후 베란다에 널었다. 베란다에는 햇살이 비치고 빨래를 널 공간이 넓었다. 퇴근 후 늦은 밤, 잘 마른 빨래를 걷어 개는데 빨래에서 잊고 있던 냄새가 났다. 햇살이 들지 않던 원룸에서는 빨래에서 늘 눅눅한 냄새가 났다. 아무리 며칠을 말려도 섬유 유연제 냄새만 났었는데, 이건 무슨 냄새지? 한참을 잘 마른 빨래에 코 끝을 갖다 대고 냄새를 맡아 본다. 햇살 냄새…. 그래 이건 햇살 냄새다. 햇볕에 바짝 말렸을 때만 나는 냄새. 시골집 마당에 빨래를 널고 걷은 후 나는 향기. 나는 그 햇살 냄새에 눈물이 왈칵 쏟아질 것 같았다.

시골집 마당에서는 늘 아침이면 커다란 빨래 바구니에 젖은 빨래가 한가득 있었다. 엄마는 새벽에 일을 나가시면서 꼭 아침에 일어나면 빨래를 널라고 신신당부하셨다. 새벽에 널면 아침이슬 맞으니 일어나면 빨래 너는 거 잊지 말고, 해가 지면 저녁 이슬 맞지 않게 빨래부터 걷으라고 하셨다.
햇살 한 줌 비치치 않는 도시의 작은 원룸 방에 살면서 나는 그 바짝 마른 빨래에서 나는 햇살 냄새를 잊고 살았다. 내가 오랫동안 잊고 있었던, 잊을 수밖에 없었던 냄새.

방 두 칸에, 바람도 잘 통하고, 볕도 잘 드는 곳으로 이사를 시키고 싶어 했던 부모님은 늘 여름에 덥지는 않은지 걱정하셨다. 한 낮에도 햇살이 들지 않아 불을 켜야 하고 여름에는 바람 한 줌 통하지 않는 원룸 방은 늘 눅눅했고 어두웠다. 부모님은 돈 열심히 벌어서 햇살 잘 들고 환기 잘 되는 곳으로 이사하길 원했지만 바람과는 다르게 나는 자립을 하지 못했고, 인생은 점점 더 수렁으로 빠지기 시작했다. 오랜 백수생활에 빚까지 졌으니 매일매일이 지옥이었다. 무난하게 흘러갈 것 같았던 인생이 제대로 꼬이기 시작하더니 걷잡을 수 없이 나락으로 떨어지기 시작했다. 삶은 감당하기 힘들었고 꿈은 꾸지 않은지 오래다. 나의 꿈은 평범하게 사는 것이 꿈이 되었다. 남들처럼, 그저 남들처럼만 살아갈 수 있으면 좋겠다고 생각했다. 그런데 그 남들처럼은 어떤 삶이지?

"선생님, 저희도 힘들어요~"
채점을 하고 있는데 뒷좌석에 있던 사춘기가 시작된 학생이 불평을 쏟아낸다. "맨날 학교 끝나면 학원에, 주말에도 과외에 쉴 틈이 없다고, 도대체 어른들은 왜 이렇게 우리를 고생시키는지 모르겠어요"라고 불만을 쏟아내는 그 아이의 말에 나는 할 말을 하지 못했다.

좋은 아파트에 부모님의 전폭적인 지원을 받고 있는데 도대체 뭐가 힘들다는 걸까? 좋은 직업을 가진 부모님과 본인이 열심히

만 하면 보장된 엘리트의 삶과 장밋빛 미래가 있는데 공부하는 것도 힘들어 죽겠다는 그 아이의 말이 잊히지 않는다. 학원, 집, 공부 밖에 허락되지 않는 삶에서 한참 놀고 싶을 나이에 좁은 공간 안에 갇혀 미래라는 담보로 꺾어버린 현재의 행복이나, 남들처럼 살고 싶어진 나의 사라진 꿈이나 매한가지 아닐까? 행복을 저당 잡힌 우리의 삶은 늘 불행할 수밖에….

"그래도 난 너희가 부럽다. 선생님은 학원 다니고 싶어도 학원비가 비싸서 못 다녔어."

이런 말을 하면 아이들은 "거짓말하지 마세요"라고 말한다. "진짠데. 공부 열심히 해. 공부 안 하면 나중에 후회해"라는 말을 하는 나도 어쩔 수 없는 꿈에 꺾어버린 어른이 되어 버렸다. 어른들은 몰라요. 아무것도 몰라요라는 노랫말처럼 나 역시 어느새 그런 어른이 되어 버렸다.

코 끝으로 전해지는 햇살 냄새와 10년 동안 살았던 집에서 쫓겨나듯 이사한 순간 알았다. 더 이상 이대로 살아갈 수 없다는 것을, 그리고 이대로 죽은 듯 살 수 없다는 사실. 잊고 있던 햇살 냄새는 다시 내게 살아가라고 말해주는 듯하다. 행복을 유예하지 말라고 말한다. 지나간 과거에 더 이상 묶여 있지 말라고 말한다. 그래!! 이제 나는 살아야겠다.

안녕, 몇 번의 봄과 몇 번의 겨울

●

●

●

10월 중순의 주말, 40여 년 만의 가을 한파특보가 내린 날. 오랜만에 만난 친구들과 나는 그동안 밀린 이야기들을 쏟아낸다. 삶의 모습은 다르지만 여전히 우리는 스무 살 그때처럼 서로가 함께 할 수 있는 이 시간들이 행복하다. 대화의 주제는 친구의 육아 이야기로 시작해, 연애 이야기, 회사 생활 이야기, 내가 쓸 책에 대한 이야기 등 과거와 현재를 오가는 이야기들로 끊임없이 대화가 이어진다. 서로의 가족에 대해서도 잘 알고 있는 우리들은 최근 친구의 아버지가 큰 수술을 받은 얘기를 나누며 부모님 건강에 대한 이야기를 하게 됐다. 우리가 나이를 먹는 만큼 부모님도 하루가 다르게 나이 들어가는 것을 느끼고 있는 우리들은 자연스럽게 나이 듦에 대해 이야기를 하기 시작했다.

"서른 살 때는 몰랐었는데 마흔이 되니, 잘 늙어가는 것에 대해 생각하게 돼."

어릴 때는 꿈과 연애 이야기로 대화가 끊이지 않던 우리들의 주제는 어느새 삶과 죽음, 건강과 가족에 대해 얘기를 한다. 이제는 건강이 최고라는 것을 실감하며 챙겨 먹는 영양제를 이야기하고, 운동 이야기를 하는 우리들. 벌써 마흔이 된 우리는 언제 이렇게 나이를 먹은 걸까? 스무 살 꽃샘추위가 기승을 부리던 3월의 봄에 만난 우리들은 이제 불혹이다. 그 무엇에도 흔들리지 않는 나이. 하지만 여전히 작은 것에도 가슴앓이 하는 우리.

친구들과 일곱 시간 넘게 수다를 떤 후 헤어졌다. 뭐가 아쉬운지 톡 방에서 다음 만남을 기약하며 각자의 자리로 돌아가는 길. 나는 친구들을 처음 만났던 순간들과 함께 거닐던 교정과 함께 했던 우리의 지난 시간들을 생각했다. 10월의 중순에 왜 봄이 떠올랐는지 모르겠다. 친구들을 보면 늘 봄이 생각난다. 스무 살 봄에 만나서 그런가?

몇 년 전 봤던 주말 드라마 '오작교 형제들'에서 할머니(김용림 배우)가 며느리(故 김자옥 배우)에게 "이제 봄이 오려나 보다"라고 말하면서 했던 대사가 떠올랐다.

"앞으로 얼마만큼의 봄을 맞이할 수 있을는지, 그동안 고생 많았다…."라면서 며느리에게 그동안의 마음속 감정을 전하는 그 애틋함에 울컥했던 기억이 있다.

겨울이 가면 봄이 오고, 봄이 가면 여름이 오고, 여름이 가면 가을이 오고, 가을이 가면 겨울이 오는 계절의 순환. 그저 계절이 바뀌는 일상이지만 긴 인생을 살아온, 그리고 이제 인생이 얼마 남지 않은 누군가에게는 너무나 소중한 계절의 변화를 나는 여전히 모른다. 그 계절이 얼마나 매 순간 소중한지.

친구들과 나눈 대화를 생각해 봤다. 잘 늙어간다는 것에 대해. 잘 늙어 간다는 건 뭘까? 영원히 꽃다운 청춘일 줄 알았던 우리의 젊은 날은 쏜살같이 지나가 버렸고, 이제 인생의 반을 살아온 우리는 여전히 젊고 아름다운 나이지만 우리는 살아온 시간만큼 살아갈 시간들에 대해 생각하는 나이가 되었다. 시간의 소중함을 몰랐던 나는 이제 시간이 소중하고 귀하다는 것을 알게 됐다. 잘 늙어 간다는 건 어쩌면 시간의 소중함을 깨닫고 매 순간에 충실한 삶을 사는 것이 아닐까.

마흔의 나는 서른의 나를 떠올린다. 그때의 나는 시간의 소중함과 감사함을 모른 채 살았다. 시간이 빨리 흘러갔으면 했다. 가만히 있으면 시간이 젊은 날의 고단한 삶을 해결해 주는 줄 알았다. 삶은 고단했고 청춘은 괴로웠으니까. 봄이 얼마나 눈부신 순간인 줄도 모르고, 여름이 얼마나 찬란한 줄도 모르고, 가을이 얼마나 아름다운 지도 모르고, 겨울이 얼마나 반짝이는 줄도 몰랐다. 나에게는 하루하루가 똑같은 무미건조한 날이었고, 시간은 누구에게나 주어진 공평한 것일 뿐 그 시간의 의미를 알지 못했다. 우울하고 무기력했던 나의 30대는 그렇게 여러 번의 봄을 맞이했고, 여러 번의 겨울을 보냈다.

어느 봄날의 벚꽃 사이로 비치던 햇살 때문이었을까? 아니면 눈부시게 아름다운 빛깔을 내던 가을의 단풍 때문이었을까? 나는 불현듯 더 이상 이렇게 살고 싶지 않다는 생각을 했다. 몇 번의 계절이 순식간에 지나갔고, 그 사이 나는 여전히 방황했지만, 불행했던 시간만큼 '이제 나도 행복해지고 싶다'라는 마음속 간절함이 내게 다시 말을 건네기 시작했다. 다시 힘을 내보자고, 희망을 잃지 말자고.

몇 번의 봄을 보내고 이제 친구의 말처럼 겨우 마흔을 살아온 나는 앞으로 내가 맞이할 수 있는 봄을 생각하게 된다. 앞으로 얼마만큼의 봄을 맞이할 수 있을지 모르겠다. 그리고 얼마만큼의 가을을 맞이할 수 있을지도 모르겠다. 다만 지금의 나는 이 순간들이 그 어느 때보다도 귀하고 소중하다. 마흔, 여전히 젊은 나는 여전히 잘 나이 들어갈 수 있는 어른이 되기 위해 내 삶 속에서 중요한 것들을 놓치지 않고 나이 들어가고 싶다.

친구들과 헤어진 후, 톡 방에서 오늘 찍은 사진을 보면서 남는 건 사진밖에 없으니 우리 마흔 기념사진 꼭 찍자고 서로 약속했다. 우리가 함께 할 수많은 봄들이 아직 많이 남아있으면 좋겠다. 우리가 사랑하는 사람들과 함께 아주 많은 봄을 맞이할 수 있었으면 좋겠다. 흰머리가 희끗희끗하고 눈가의 주름이 자글자글한 어느 눈부신 봄날, 오늘처럼 분위기 좋은 테라스에 앉아서 커피 한잔하면서 건강하게 살아계시는 부모님 얘기와 훌쩍 큰 자식들 얘기를 할 수 있었으면 좋겠다. 앞으로 맞이할 수많은 봄날에 우리가 사랑하는 사람들이 오래오래 함께 했으면 좋겠다. 지금 가장 젊은 우리의 시절을 축복한다.

다시 사랑할 수 있을까?

●
·
●

늦은 밤, 퇴근길. 어두운 골목길에 가로등 불빛이 깜박거린다. 왜 그날 그 밤 그가 생각났는지 모르겠다. 그는 야간 근무를 끝내고 집에 혼자 걸어가야 하는 나를 늘 기다렸다. 가로등이 켜진 골목길 그는 양손 가득 내가 좋아하는 새우튀김과 맥주를 들고 나를 향해 웃고 있다. 모두가 잠든 시간, 셰어하우스 수영장 벤치에서 그와 나는 새우튀김을 안주 삼아 맥주를 마시면서 오늘 하루는 어땠는지, 시시콜콜한 이야기들을 한다. 그는 가만히 내 얘기를 귀 기울여 듣고, 나는 내 이야기에 집중하는 그의 모습에 편안함을 느낀다. 달빛도 별빛도 우리 둘에게 쏟아지는 것 같다. 수영장 한가운데 달빛이 비치는 밤. 속삭이는 우리들의 대화만이 정적을 깨운다. 그와 나의 추억 속에 늘 달빛이, 별빛이, 가로등 불빛이 있다. 그와 헤어지기 아쉬웠던 밤. 가로등 불빛 아래로 다시 나를 향해 환하게 웃으며 사라지던 그의 모습. 늘 내가 특별한 존재라고 말해주던 그의 마음이 그리운 밤이다.

"날 왜 사랑하는 거야?"
"사랑하는 데 이유가 어디 있어. 그냥 너라서 좋은 거지."

평범한 내가 왜 그에게 매력적이었을까? 존재감 없던 내가 어떻게 그의 마음을 움직였을까? 그런데 외로운 타국 땅에서 서로에게 유일한 안식처였던 우리들의 사랑이 끝날 거라는 것을 나는 알지 못했다. 그가 나를 사랑한다는 이유로 그의 사랑을 당연하게 생각했던 나는 그가 내게서 멀어지고 있음을 눈치채지 못했다.

"네가 혼자서도 행복했으면 좋겠어. 행복은 누군가 만들어 주는 게 아니야."

눈물, 콧물 질질 짜면서 제발 나를 떠나가지 말라고 애원했지만 그는 단호하게 더 이상 나에게 줄 사랑이 자신의 마음속에 남아 있지 않다고 말하면서 나를 떠나갔다. 도대체 갑자기 왜 이별을 해야 하는 건데? 예고도 없이 이렇게 나를 떠나는 게 말이 돼?라고 매달려 보고 싶었지만 어렴풋이 나는 그가 왜 나와의 이별을 결심했는지 느낄 수 있었다. 그를 사랑했기에 그를 전부 안다고 는 말할 수 없지만 그를 이해할 수 있었다. 그의 사랑이 내게는 무기였다. 그가 나를 사랑한다는 이유로 나는 그의 사랑을 당연 하게 생각했다. 그가 나에게 마음 약하다는 것을 무기 삼아 나는 그의 마음 위에 군림했다. 사악하고 횡포한 왕이 되었다. 나는 그에게 가장 사랑스러운 사람이기도 했지만 그에게 가장 상처를 주는 사람이기도 했다.

그가 나를 사랑한다는 이유로 나는 철부지 어린애처럼 사랑을 요 구했고, 나를 사랑한다는 이유로 그는 나의 모든 것을 이해하고 받아주려 했다. 그는 나에게 무모하게 관대했고, 나는 그에게 나 의 존재를 끊임없이 확인받으려 했다. 그는 지쳐갔고, 나는 그의 지쳐가는 마음을 모르는 척했다. 그가 얼마나 힘든지 알면서도 내 이기심을 멈추지 못했다. 그가 진심을 다해 나를 사랑한다는 이유로. 그리고 그 사랑이 떠나는 순간 그를 붙잡을 수 없었다.

나를 특별한 존재라 말해주는 그의 마음을 믿고 싶으면서도 믿 지 않았다. 나는 한 번도 사랑받지 못한 존재처럼 나의 존재 를 불안해했다. 나를 특별한 존재라 말해주는 그에게, 나를 유일 한 존재라 말해주는 그에게 나는 그의 마음을 끊임없이 확인받 으려고 했다. 그는 나를 사랑했고, 나의 있는 그대로의 존재를 부정하는 나에게 지쳐갔고, 나는 그에게서도 멀어졌고 나 자신에게서도 멀어졌다.

왜 오늘 그가 생각났을까? 10년도 훌쩍 넘은 그와의 이야기가 요즘 생각난다. 존재의 흔들림 속에서 나는 그가 했던 말들이, 그가 내게 보여줬던 그 마음이, 그가 내게 보내던 그 눈빛이 생각난다. 아낌없이 있는 그대로의 나를 사랑했던 그 시절의 그가 사무치게 그리운지도 모른다. 마음 둘 곳 없는 길 잃은 내 마음이 방황한다. 이런 순간 내 마음은 어느 한곳에 정착하지도 못한 채 방향 잃은 바다 한가운데 배처럼, 어디로 가야 할지 목적지를 모르는 길 잃은 나그네처럼 헤매고 있다. 내 존재는 흔들리고 있고, 나는 어디에서 위안 받아야 할지 마음을 잃고 있다. 사랑은 떠나간 지 오래인데 나는 그를 생각하고 있다.

내 존재에 대해 내게 묻는다. 내 존재를 있는 그대로 지금 사랑할 수 있을까? 내 존재를 있는 그대로 받아들일 수 있을까? 나는 그가 내게 그랬던 것처럼 있는 그대로의 나를 사랑할 수 있을까? 나는 그가 내게 그랬던 것처럼 있는 그대로의 나를 향해 따뜻한 눈빛을 보낼 수 있을까?

겨우 29살이었던 그때는…

●

●

●

29살, 그 해 나는 세상에서 내가 제일 미웠다. 호주에서 한국에 들어온 지 1년, 호기롭고 당당하던 나는 사라졌고, 첫사랑도 나를 떠나갔다. "행복은 누군가 대신 만들어주는 게 아니라 스스로 만드는 거야"라는 말과 함께 29살의 나는 혹독한 시간을 보내고 있었다. 내게 소중하다 생각하는 것들은 모두 내게서 떠나갔다. 꿈이 뭐였는지, 내가 정말 원하는 게 뭐였는지 헷갈리기 시작한다. 무기력한 마음은 자꾸 와르르 무너진다.

강변역을 지나는 지하철 2호선 안, 밖은 어둡다. 창문으로 내 얼굴이 비친다. 멍하니 초점이 없는 빛을 잃어버린 표정에 나는 고개를 떨군다. 싫다. 너무 싫다. 너는 왜 이렇게 못났니? 내가 너무 싫다. 자신감은 어디론가 사라져 버리고 초라한 내가 남아 있다. 그때부터 나는 안경 쓰는 것을 고집했다. 지금 생각해 보니 그때의 내게 안경은 보호막이었다. 차갑게 느껴지는 모든 것으로부터 나를 보호하기 위한 안전장치였다. 안경이라는 도구를 통해 세상과 나의 벽을 만들었다.

"한창 좋은 나이에 멋 좀 부리고 다녀. 화장도 좀 하고 옷도 예쁘게 입고 그래야지."

청바지와 몇 벌의 무색 티셔츠와 운동화가 전부인 내게 사람들은 말했다. 외모에 신경 쓰는 것도 귀찮다. 겨우 29살이었던 나는, 그깟 사랑에 실패했던 나는 마치 세상의 전부를 잃은 듯 방황했다. 그깟 사랑이 뭐라고. 그깟 꿈이 뭐라고. 나를 미워하는 것으로 그 순간을 버텼고, 나에게 어떤 기회도 주지 않고 내가 만든 동굴에 갇혀 버렸다. 조지 오웰의 소설 〈1984〉에 나오는 문장이 기억난다.

"아마 사람들은 사랑받길 원하는 게 아니라, 이해받고 싶은 것인지도 모른다."

나는 나를 이해할 수 없었고, 아무도 나를 이해하려 하지 않았다. 나는 세상을 오해했다. 그리고 철저히 혼자가 되었다. 그때의 난 떠나간 연인으로부터 그리고 가족으로부터 나를 이해받기를 원했었다.

'지금의 이런 너여도 괜찮아. 누구나 인생에서 그럴 때가 있단다. 그러니 괜찮아. 널 믿고 기다려 줄게. 천천히 가도 괜찮아.'

마음이 단단하지 못했던 나는 누군가로부터의 이해만이 나를 지켜줄 수 있는 것이라 생각했다. 나는 이해받고 싶었다. 아무도 내게 그렇게 살라고 한 적이 없는데 나를 미워함으로써 떠나간 연인에 대한 미안함과 죄책감을 덜어낼 수 있었다. 그리고 무엇보다도 가족의 기대에 부응하지 못하는 내 삶에 대한 복수라고 생각했다.

세상과 벽을 쌓고 살던 내게 유일한 도피처는 책이었다. 도피성 책 읽기는 세상으로부터 멀어졌던 나를 다시 살고 싶게 만들었다. 내 안에 다시 무언가 꿈틀거리기 시작했다. 더 이상 이렇게 살고 싶지 않다. 방법은 두 가지다. 포기할래? 아니면 살아볼래?
"살고 싶다."
내 안에서 내가 간절하게 외쳤다. 살고 싶다. 나는 포기하고 싶지 않다. 비록 지금의 이런 나일지라도 살고 싶어졌다. 아직 끝난 게 아니야. 작은 한 걸음을 위해서 큰 용기가 필요했다. 아주 작은 한 걸음에도 내게는 온 마음을 다 바쳐 용기를 내야 했다.

안경 대신 다시 렌즈를 꼈다. 운동화 대신 구두를 신었고 얇은 화장을 시작했다. 자기소개서와 이력서를 수정해 채용 사이트에 올리기 시작했다. 불편하고 견디기 힘든 상황 때문에 꿈은 더 간절해졌다. 녹록지 않은 현실이 나를 다시 꿈꾸게 했다.

나를 견디는 것만으로는 버텨지지 않는 순간이 있다. 너는 왜 그렇게 너의 불행을 견디고만 있니? 불행은 견뎌지지 않는다. 견뎌지지 않으면 놓아버리면 되지. 끊어내면 되지. 아니면 품어버리면 되지. 살기 위해 나를 미워했던 과거 대신, 이제 살기 위해 결심했다.

'지금의 이런 너도 괜찮아. 지금부터 다시 시작하자. 여기 이렇게 네가 살아가고 있잖아. 여기 이렇게 네가 존재하고 있잖아.'

어떻게 살고 싶은 건지, 무엇을 하고 싶은 건지. 꿈을 잃었던 나는 다시 내게 질문을 하기 시작했다. 다시 살아가기 위해 나는 묻고 또 물었다.

살아가면서 그런 순간들이 있다. 불행에 익숙해지고 행복했던 기억이 산산조각 나 버리는 순간들. 불행이라는 거친 파도가 우리를 덮치는 순간 운명의 키를 있는 힘껏 돌려야 한다. 불행이라는 파도에 주저앉지 말아야 한다. 운명의 키가 말한다. 포기할래? 아니면 살아볼래? 꿈을 꿔볼래? 아니면 꿈을 포기할래?

29살의 삶으로부터 도망쳤던 나는 다시 꿈을 꾸고 있다. 청춘의 어두운 터널 끝에서 그래도 한 줄기 희망을 발견했다. 완벽히는 아니지만 온전히 나를 이해하는 법을 배우고 있다. 살아가는 대로의 내 모습을 이제는 받아들이고 있다. 제법 단단해져 가고 있다.

사람마다 출발선이 다르다

●

●

●

둥근 트레이에 3단-4단으로 쌓인 빈 커피잔과 빈 빵 접시와 잔뜩 쌓인 휴지가 쓰러질까 봐 조심조심 걸어가는 나를 향해 빈 커피잔을 치워달라는 손님에게 다가가 무릎을 꿇었다.

"한 달 일하면 월급이 얼마예요?"
"네?"
"아니, 이렇게 고생하는 데 한 달 일해서 얼마나 벌어요? 100만 원? 120만 원? 너무 안쓰럽다. 내 딸 같아서 물어보는 거예요."

내게 한 달 월급을 물으며 이렇게 열심히 사는 이유가 뭐냐고 묻는다.

"유학을 가고 싶어요. 전 꼭 외국으로 유학 갈 거예요."

"우리 딸도 지금 미국에서 공부하는데, 우리 딸은 호텔학 전공했어요."

그 이후 말이 들리지 않는다.

백화점 VIP 룸. 이곳은 내가 사는 세계와는 다른 사람들이 쇼핑후 잠깐 들르는 곳이다. 대학 졸업 후 몇 개월 만에 아르바이트를 구했고, 이곳은 소위 말하는 돈이 많은 사람들만 드나들 수 있는 곳이기 때문에 서비스를 프로페셔널하게 해야 한다고 했다. 대학생활 동안 아르바이트 경험도 있고 타인에게 친절하게 행동하고 말하는 건 자신 있었다.

내 힘으로 유학 경비를 마련할 수 있다는 것 자체에 행복했고 뿌듯했다. 몇 개월만 일하면 내가 목표한 500만 원을 모을 수 있다. 짧게는 8개월 길게는 10개월이면 경비를 모을 수 있다.

아침 8시, 지하철 2호선을 타고 붐비는 지하철을 견딘다. 이 붐비는 지하철 틈에 있고 싶었다. 나도 일이 하고 싶었다. 적어도 내 힘으로 무언가를 해내고 싶었다.

백화점 오픈 시간 전 지하 카페로 내려가 베이커리를 챙겨서 VIP 룸으로 가져간다. 당일 정해진 양을 세팅한 후 커피 원두를 확인하고, 커피잔 등 각종 식기류를 확인한다. 백화점 오픈 시간, 음악에 맞춰 고객들의 입장을 기다린다. 10시 30분이 되자 마자 들어오는 고객들에게 주문을 받은 후 원형 트레이에 커피 와 빵을 대접한다.

처음에는 VIP가 어떤 조건을 가진 분인지 몰랐다. 연간 일정 금 액을 백화점에서 써야만 이곳 룸을 이용할 수 있다고 했다. 내 월급의 몇 배를 한 달에 쓰는 사람들이 모이는 곳. 이곳은 백화 점의 VIP 룸이다.

향기부터 다른 이곳은 내게 놀라운 곳이었다. 잔잔한 클래식 음 악이 흐르고 명품 백을 두른 사람들이 왔다 갔다 한다. 교양 있 는 사람들, 능력 있는 사람들이 모이는 곳, 매니저님은 가끔 저분 이 어떤 일을 하는지, 얼마나 대단한 사람들인지 얘기해 줬다.

그들을 보면서 나도 언젠가는 저렇게 우아하고 교양 있는 사람 이 되고 싶다는 생각을 했다.

매일매일 무리 지어 정해진 시간에 VIP 룸에 오는 분들이 계셨 다. 뭔가 다른 분위기, 시끄럽고 소란했다. 말투도 거칠었다. 매 일 쇼핑백 한가득이었다. 어떤 날은 S백과 S브랜드로 온몸을 치 장한 콧대 높은 모녀가 방문해 작은 실수에도 소리를 지르며 매 니저 어디 있냐고 매니저 나오라고 소리를 지르기도 했다.

돈이 그 사람의 품격을 말하지 않는다는 것을 점점 그곳에 있으면서 알게 되었다. 내가 부러워하는 그 실체가 어쩌면 환상일지도 모른다는 생각을 하게 됐다.

그날도 무리를 지어 온 고객들이 가운데 소파에 앉아 지나가는 나를 불러 세웠다.
"여기, 커피 리필 좀 해줘요."
"죄송하지만 한 잔만 리필이 됩니다. 죄송합니다."
"이 커피 얼마나 한다고 야박하게 그래요?"
"죄송합니다."

순간 언성이 높아지고 조용하던 분위기가 싸늘해졌다. 매니저님이 다가오시면서 죄송하다고 말씀드린 후 리필을 해드리겠다고 제재를 시켰다.

커튼 뒤, 눈물이 왈칵 쏟아질 것만 같았다. 그날따라 그 분위기와 그 말투가 왜 그렇게 나를 서럽게 만들었는지…. 다시 마음을 진정시키고 내가 해야 할 일들을 하기 시작했다. 내게 언성을 높이던 분이 빈 커피잔을 치워달라고 한다.

"이렇게 일해서 얼마나 한 달에 얼마나 받아요? 100만 원? 120만

원?"

그날은 눈물샘이 터진 것처럼 눈물이 쏟아졌다.

나는 왜 울었을까? 나는 왜 눈물이 나왔을까? 아마도 내가 노력해도 나의 출발선이 다르다는 것을 다시 한번 느꼈기 때문이겠지. 누군가의 무례한 말투에도 나는 꾹 참아야 한다는 사실 때문에 나는 서러웠던 거겠지. 어린 나이의 일그러진 자존심이 바닥으로 떨어졌던 날, 마음도 가난했고, 가난한 청춘이었던 나는 내 일그러진 자존심 때문에 눈물을 왈칵 쏟았다.

사람마다 출발선이 다르다는 것을 내가 속한 세계로부터 벗어날수록 실감하게 됐다. 나는 노력해야 얻을 수 있는 것들이 누군가에게는 이미 가지고 있는 것이라는 것을. 그리고 어쩌면 내가 평생 노력해도 가질 수 없는 것일지도 모른다. 성공에 목말랐던 젊은 날의 나의 꿈은 너무 먼 곳을 바라보느라 지쳤고, 무너졌다.

내가 가진 것에 대한 감사보다는 내가 가지지 못한 것에 대한 원망이 넘쳐났던 그 시절. 나는 그 청춘을 통과했다. 여전히 가끔은 내가 가지지 못한 것을 바라기도 한다. 그리고 무너진다. 그러나 그 격렬하고 어리석었던 청춘의 시간을 통과한 후 나는 조금씩 알아가고 있다. 내가 가진 것이 그 어느 것보다 소중하다는 것을. 가난했던 나의 청춘이, 어리석었던 나의 청춘이 말해준다.
지금 당신이 가진 것은 그 어느 것보다 소중하다고.

쓴맛, 술맛, 단맛

●

●

●

"우리 새끼들, 아빠 왔다."

늦은 저녁, 현관문을 열고 들어오는 아빠에게서는 술 냄새가 난다. 아빠는 검은 봉지를 흔들며 우리를 향해 활짝 웃는다.

"와~치킨이다."

아빠도 반갑지만 프라이드치킨이 왠지 더 반갑다. 저녁도 배부르게 먹었는데 비싼 치킨은 왜 사 온 거고, 술은 자꾸 마시고 다니는 거냐고, 엄마는 아빠에게 잔소리를 하지만, 아빠는 엄마의 말을 듣는 건지 안 듣는 건지 거실에 프라이드치킨을 내려놓고 바닥에 털썩 주저앉는다. 아빠는 엄마의 잔소리를 무섭지 않아하고, 엄마는 잔소리를 지쳐하지 않는다.

검은 봉지를 열자마자 동생들과 나는 서로 좋아하는 치킨 부위를 먹으려고 눈치싸움을 시작했다. 닭 다리를 차지한 사람이 승자다. 아빠는 열심히 치킨을 뜯어먹는 우리를 바라보면서 천천히 먹으라고 머리를 쓰다듬어 주신다. 술 마실 돈 있으면 우리들 학원비에 보탤 생각을 하라는 엄마의 잔소리에 아빠가 한마디 하신다.

"내가 뭐 나 혼자 잘 살자고 마시나? 다 우리 자식들 먹여 살리려고 마시는 거지."

술 마시는 게 왜 가족을 먹여 살리기 위한 일인지 그때는 이해하지 못했다. 냄새나고 맛없는 술을 왜 마시는지 아빠가 이해되지 않았고, 아빠가 사 오는 치킨이 좋았고, 아빠의 지갑에서 나오는 용돈이 좋았던 시절이었다.
"우리 딸들~ 어디~누가 노래 잘하나 볼까?"
아빠가 꺼내는 지폐에 우리는 경쟁하듯 서로 노래를 부르려고 했고 아빠 앞에서 재롱을 떨었다.

어느 날 밤. 시험 기간이라 늦게까지 공부를 하고 있었는데 아빠가 그날은 평소보다 기분이 좋은지 노래를 흥얼거리면서 집에 돌아오셨다. 애들 방해하지 말고 방에 들어가서 자라는 엄마의 잔소리에도 불구하고 아빠는 우리 방으로 들어와서 고개를 떨구셨다.

"너희들, 무조건 최고가 되어야 한다. 공부 열심히 해서 최고가 돼야 해. 아빠처럼 가난한 농사꾼은 되지 말아. 무조건 공부 열심히 해서 좋은 대학도 가고 돈도 많이 벌어야 해. 알겠지? 우리 딸들은 아빠가 무조건 대학 공부 시킬 거니까 공부만 해. 자!! 우리 딸들 커서 뭐 될래?"

첫째 동생은 여군 아니면, 선생님이 된다고 했고, 둘째 동생은 현모양처가 될 거라고 한다. 나는 외교관이 될 거라고 말하고 어린 남동생은 멀뚱멀뚱 아빠를 쳐다본다. 우리의 꿈에 아빠는 크게 웃는다. 마치 그 꿈이 이루어진 듯. 너희는 최고가 되어야 한다고 말하던 아빠의 눈이 슬퍼 보였다는 것을 어른이 된 후 알게 되었다. 아빠의 술 취한 잔소리가 하소연이었다는 것을 나는 이제야 이해한다.

그날, 아빠에게 무슨 일이 있었던 것일까? 아빠는 그날 마음속으로 얼마나 울고 싶었던 것일까? 아무것도 모른 채 아빠의 얘기에 씩씩하게 대답하던 우리들과 얼른 씻고 자라는 엄마의 잔소리에도 의자에서 고개를 떨구며 너희는 최고가 되어야 한다고 반복해서 말하던 아빠는 그날을 기억할까?

사회생활을 시작한 이후 만만치 않은 직장 생활에 녹초가 된 몸과 마음은 자주 녹초가 된다. 오늘따라 지하철 계단은 왜 이렇게 높은지, 한참을 올라도 끝은 보이지 않는다. 내 앞으로 걸어가고 있는 이의 어깨는 나만큼 지쳐 보인다. 어깨가 축 처져 있고 발걸음이 무겁다.

만두 가게에서는 연기가 풀풀 나고 만두를 사기 위해 줄 서 있는 사람들의 허기진 표정이 허공에 맴돈다. 나의 하루는 끝이 났지만 누군가는 여전히 열심히 일을 하고 있는 시간, 만두가게 옆의 편의점 불빛도 밝게 빛나고 있다. 참새가 방앗간을 그냥 못 지나가듯 나는 가끔 편의점으로 들어간다. 그리고 맥주 한 캔을 산다. 그래, 금요일이니까 딱 한 캔만 마시자. 4층 계단을 터벅터벅 올라 현관문을 열고 불 꺼진 방의 불을 켠다. 후다닥 옷을 갈아입고 씻고 나와서 노트북을 켠다. 습관적으로 음악을 튼다. 그리고 맥주 한 모금을 시원하게 들이켠다.

녹초가 된 온몸에 알코올의 기운이 퍼진다. 처음에는 이게 무슨 맛이야? 했던 맥주의 쓴맛이 이제는 시원하다. 아빠도 그랬을까? 지친 날 술 한 모금이 쓴맛이 아니라 시원하고 달콤했을까?

인생의 쓰디쓴 하루를 견디게 해주는 것이었을까?

아빠가 "우리에게 최고가 되어야 한다! 너희는 아빠처럼 가난한 농사꾼은 되지 말아라"라고 했던 그날의 바람은 아직 이루어지지 않았다. 세상은 최고가 넘쳐나고 나는 그에 비해 이 세상에서 너무나 미약한 존재로 살아가고 있다. 최고가 아니더라도 나로 살아가는 법을 열심히 찾고 있다. 지치고 힘든 날 나를 위한 맥주 한 캔에 위로받기도 한다. 세상의 쓴맛, 단맛 다 경험했다고 말할 수는 없지만 세상이 참 쓰디쓰다는 것을. 하지만 가끔은 세상이 달디 달다는 것을 느끼면서 하루하루 살아간다. 그날 고개를 떨군 채 우리에게 당부하던 아빠의 손을 말없이 잡아주고 싶다.

"아빠, 최고가 아니어도 좋아. 아빠는 최선을 다하면서 살고 있잖아. 아빠, 가난한 농사꾼이면 어때? 아빠는 정직하게 땀 흘려 일하고 있잖아. 최고가 안되면 어때? 최선을 다해 행복하게 사랑하며 살아가면 되는 거지. 아빠, 괜찮아. 아빠, 괜찮아."

비에 젖어도 초라하지 않아

●
●
●

어느 비 오는 여름 날. 몽촌토성역 2번 출구 앞 카페에 앉아 책을 읽으면서 간단한 기록들을 하면서 창밖도 멍하니 바라보며, 여유로운 시간을 보내고 있었다. 보슬보슬 내리던 비는 어느새 굵은 빗방울이 되어 시원하게 한 여름의 더위를 식혀 주었다.

멍하니 창밖을 바라보고 있는데 갑자기 내리는 굵은 비를 피해 땅에 내려앉은 새 한 마리가 보였다. 비에 젖은 날개가 무거워 잠시 비를 피하고 있는 것일까? 어디에도 날아가지 못하고 날개를 더 웅크리고 있는 작은 새 한 마리가 이상하게 신경 쓰였다. 달려가 우산을 씌워줄까? 아니면 비를 맞지 않게 나무 아래로 옮겨 줄까? 생각만 하고 어떠한 행동도 하지 못한 채 자리에 앉아 다시 책을 읽었다. 하지만 비 오는 날 꼼짝 않고 비를 맞고 있을 작은 새 한 마리가 계속 신경이 쓰였다.

안 되겠다. 우산을 사서라도 씌워주자는 마음에 작은 새가 있는 곳으로 가 봤더니 그 작은 새는 그새 어디론가 사라져 버렸다. 약해진 빗방울을 틈타 다시 하늘로 날아간 걸까? 아니면 그 사이에 나무 아래로 몸을 피한 걸까? 다행이라는 생각이 들었다. 그리고 다시는 이렇게 비가 오는 날 비를 흠뻑 맞는 게 아니라, 나무 사이에서라도 비를 피할 수 있기를 바랐다.

그때도 비가 오는 여름이었다. 어느 날, 비에 흠뻑 젖은 길고양이를 본 적이 있었다. 작은 나무 상자에 몸을 웅크리고 "야~옹~야~옹"거리며 울기만 하던 길고양이가 꼭 나 같아서 한참을 길고양이의 눈을 마주 본 적이 있었다. 기분 탓이었을까? 비에 젖은 작은 새 한 마리도, 비에 젖은 길고양이도 꼭 나인 것 같았다.

분명 갈 곳이 있는데 갈 곳이 없는 것 같은 느낌을 나는 아주 오랫동안 느꼈다. 비가 오는 장마철이면 추위에 오들오들 떨며 겨울의 추위가 느껴졌다. 내리는 빗방울을 한참을 바라보면서 비라도 흠뻑 맞고 싶었지만 왠지 내가 더 처량하게 느껴져 우산 아래 나를 꽁꽁 숨겼다.

예전의 나는 내리는 빗속에서 참 행복했었고, 비가 오면 손으로 빗물을 느끼고 풍덩풍덩 물웅덩이에서 신발이 비에 젖는 것도 신경 안 썼었고, 우산을 걷어 하늘에서 내리는 빗물을 향해 고개를 들고 비가 어떤 맛인지 궁금해 입을 벌리면서 장난치기도 했었다.

초등학교 때, 갑자기 비가 내리는 날이면 엄마는 우산을 챙겨 학교까지 우리를 데리러 와주셨다. 비가 오는 날에만 모처럼의 휴식을 취할 수 있었던 엄마와 우리는 우산을 쓰고 집까지 걸어가면서 미주알고주알 어린 딸들의 얘기에 귀 기울여 주셨다. 엄마의 환한 미소와 동생들의 재잘거림에 비 오는 날은 뜻밖의 행복한 추억들을 선물해 줬다.

갑자기 비가 내리는 날에는 미처 우산을 챙겨가지 못한 날에는 비를 맞거나 내리는 비를 피하려고 힘껏 뛰어다니면서 옷과 신발이 젖을까 봐 걱정하는 대신 비를 실컷 맞았었다. 내리는 비에 온몸이 홀딱 젖어도 행복했다. 비 오는 날이면 엄마가 집에 계셨고, 엄마가 부쳐주는 김치전과 해물파전을 실컷 먹을 수 있어서 행복했다. 동생들과 비가 내리면 밖에서 비를 맞으며 물장난을 했고 엄마는 창문으로 감기 걸린다면서 빨리 들어와서 엄마표 부침개를 먹으라고 우리를 불렀다.

언제부터였을까? 내리는 비 속에서 행복하기보다는 비를 피하기 위해 애쓰면서 살아가기 시작했다. 조금이라도 비에 젖을까 봐 우산을 쓰고 비를 맞지 않으려고 전전긍긍했다. 빗물을 털어내기 바빴다. 비 내리는 소리를 가만히 듣고 있기 보다 목적지를 향해 걸어가기 바빴다.

나는 어딜 그렇게 바쁘게 걸었던 것일까? 내리는 빗소리가 계절마다 다르고, 내리는 빗방울의 모습이 순간마다 다르다는 것을 나는 아주 오래 잊고 살았다.

어린 두 조카가 비 오는 날 우비를 입고 우산을 쓴 채 물웅덩이에서 첨벙첨벙 물장난을 하면서 꺄르르 웃고 장난치는 영상을 동생이 찍어서 보내줬다.

"언니야, 우리도 어렸을 때 비 오는 날 물웅덩이에서 물장난 많이 했는데."

해맑게 빗속에서 행복하게 웃고 있는 조카들의 모습에 마음 한 구석이 뭉클해진다.

비에 젖은 작은 새와 빗속에서 몸을 웅크리고 있던 길고양이와 어른이 된 나는 닮아 있었다. 마음의 집을 잃어버렸다. 어디로 가야 하는지, 갈 곳을 알지 못했다. 내리는 빗속에서 비를 피하지 못한 채 그저 있는 그대로 비를 온몸으로 맞고 있었다. 어릴 때의 나는 비가 무서운 게 아니라 행복이었는데, 어른이 된 나는 내리는 비를 피해야 하는 것으로만 생각했다. 해맑게 물장난을 치던 조카들의 미소와 빗속에서 함께 물장난을 치던 나와 동생들을 생각해 본다.

"우리는 빗속에서도 행복했지. 참 따뜻했었지."

⟨사랑은 비를 타고⟩의 주인공이 빗속에서 Singing in The Rain~~노래를 부르고 춤추며 행복하게 웃던 장면이 떠올랐다. 인생이라는 무대에서 내리는 비를 멈추게 할 수 있는 방법은 없다. 내리는 빗속에서 영화 속 주인공처럼 기꺼이 춤을 춰 보는 건 어떨까? 결국, 언젠가 비는 멈출 테고 비를 피할 수 있는 튼튼한 우산 하나 가지고 있다면 조금은 마음이 단단하겠지. 비를 피해 잠시 웅크리고 있던 날개도 언젠가는 빗물을 힘차게 털어내고 하늘 향해 힘껏 날아오르는 순간이 분명히 내게도 있을 거라고 나의 날개를 믿어보는 건 어떨까.

어쩌면 떠남이 시작인지도

●
●
●

아파트 단지 우체통에 전단지가 꽂혀져 있고, 재개발 일정에 대한 현수막이 아파트 곳곳에 걸려 있다. 8월 말까지 이사하는 주민들에게는 이사 비용을 일부 부담해 주겠다는 문구도 적혀 있다.

봄이 지날 무렵부터 아파트 단지는 이삿짐을 나르는 차들이 아파트 주차장을 채우고 있다. 늦은 밤 퇴근 후 아파트 단지를 들어오면 항상 불이 켜져 있던 곳들이 어느 순간부터 불이 꺼져 있다. 내가 사는 5단지도 6월 중순쯤 되자 하나 둘 이사를 떠나기 시작한다. 벚꽃 피던 봄만 해도 아파트는 저녁에도 붐비는 사람들로 활기가 느껴졌는데, 6월이 되자 떠나가는 사람들의 뒷모습이 익숙해진다.

퇴근 후 분리수거를 위해 쓰레기를 양손 가득 든 후, 경비실 앞에서 분리수거를 하고 있었다. 경비 아저씨가 나를 부른다.

"605호 아가씨, 택배 왔어요."

"감사합니다. 그런데 아저씨, 여기 이사 언제까지 해야 해요?"

"다들 8월 말까지는 이사해야 할 거요. 집주인이 얘기 안 해줬어?"

"네, 아직 말씀을 안 해주시네요. 아저씨는 언제까지 근무하세요?"

"나도 8월 말까지만 근무해요. 좋은데 찾아서 이사 가쇼. 아가씨."

"네, 감사합니다."

처음 이곳에 이사 왔을 때가 생각이 났다. 10년 살던 원룸 방을 떠나 이곳으로 이사 왔고, 셰어하우스라 불편한 점도 많았지만, 햇살 잘 드는 곳에 빨래를 말릴 수 있다는 사실과 곰팡이도 없는 깨끗하고 아늑한 내 방이 좋았다. 처음으로 나를 위해 퇴근길 꽃 한 송이를 사서 꽃병에 꽂았던 날도 기억나고, 마음을 다독이며 다시 내 삶을 바로잡기 위한 노력들을 이곳에서 해나갔다. 오롯이 혼자서 내 인생에 다시 기회를 주기 위해 나는 매일 밤 마음이 무너지지 않게 다독였다.

셰어하우스는 8월 6일 날 계약이 종료된다고 한다. 그전까지 집을 구해야 한다. 너무 걱정하지 말자. 좋은 곳 분명히 구할 수 있을 거야. 주말 오전 집에만 있는 것은 답답해서 책과 노트를 챙겨 근처 카페에 가서 책을 읽기 위해 집을 나섰다.

낡은 아파트 단지 주변에는 커다란 나무들이 참 많다. 이곳에서 보내는 여름이 올해가 처음이자 마지막이라는 사실이 아쉽다. 출근할 때마다 좋았던 건, 오전 햇살에 커다란 나뭇잎들이 살랑살랑거릴 때마다 그 초록 잎들 사이 햇살이 비치는 그 순간이 참 좋았다. 나뭇잎들 사이로 6월의 햇살이 비친다. 오늘도 이사 가는 사람들이 많구나. 이삿짐 트레일러 소리가 분주하다.

천천히 6월의 눈부신 햇살을 느끼면서 아파트 단지를 걷고 있다. 그런데 5단지 앞을 지나갈 때 새들의 울음소리가 유난히 크게 들린다. 새 울음소리가 나는 곳을 쳐다봤더니 나무마다 새 둥지가 있다. 새 둥지 안에 분명 아기 새들이 울고 있다. 엄마 새인 듯 보이는 새들이 나무 꼭대기 둥지로 분주하게 날아든다. 문득 8월이 되면 철거된다는데 아파트 안의 수많은 나무들은 어떻게 될까? 그리고 나무 꼭대기에 터를 잡고 있는 저 새들은 어떻게 될까 생각해 본다. 그날 저녁 경비 아저씨께 인사를 드리면서 여쭤봤다. 8월이 되면 이 아파트 단지에 있는 나무들은 다 뽑히는 건지. 경비 아저씨는 어디 다른 데로 옮긴다면서 왜 그게 궁금하냐고 질문한다. 그래도 나무들이 다른 좋은 곳으로 옮겨질 거라는 말에 그나마 다행이라는 생각이 든다.

다음날도 똑같은 시간에 주말에 책을 읽으러 카페에 가기 위해 나왔다. 오늘은 옆 동 집이 이사를 하나보다. 또 나무 위의 새들이 쩍쩍쩍 울고 있다. 또 새들 걱정이 된다. 8월이 되면 나무들도다 이사 갈 거라는데 그때 너희는 어떻게 되는 걸까? 오늘은 새둥지가 있는 나무를 쉽게 지나치기가 힘들다. 한참을 그 나무 아래 서서 새 둥지를 바라본다. 햇살은 눈부시고 선선한 초여름의바람이 분다. 나무들은 춤을 추고 새들은 둥지 밖으로 얼굴을 내밀고 있다. 신기하다. 작은 아기 새들의 얼굴이 보인다.

제대로 이곳에 정착하기도 전에 또다시 집을 구해 나가야 하는내 상황과 아직 혼자 힘으로 날개도 펴지 못하는 저 아기 새들의 처지가 비슷하게 느껴졌다. 너희도 곧 집을 잃게 되는구나.떠나야 하는구나. 그날은 그 새들도, 나도 터전을 잃는 느낌이들어 처량했는데, 시간이 지나니 알게 됐다. 때로는 삶의 터전을떠나 새로운 곳을 향해 타의에 의해서든 자발적으로든 떠나야하는 순간이 온다는 것을.

나 역시 시골 고향마을을 떠나 자발적으로 서울로 왔고, 서울에서 다시 호주로 갔고, 다시 호주에서 이 서울로 돌아왔다. 늘 같은 곳에 있었던 건 아니다. 돌아오기 위해 떠나야 할 때가 있다.어쩌면 새들도 나도 다시 새로운 인생을 시작하기 위해 다시 지금 떠날 때가 된 건지도 모른다. 새들은 8월이 되면 다행히 날개에 힘이 생길 것이다. 그래서 더 좋은 나무 꼭대기에 자신만의 둥지를 지을 것이다. 그리고 나 역시, 다시 새로운 나의 아늑한 터전을 반드시 찾게 될 것이다.

둥지를 잃는 게 아니라 새로운 둥지를 찾아 나설 수 있는 기회가 한 번 더 주어지는 것이다.
6월의 햇살은 눈부시고 나뭇잎들은 초록빛 물결을 이룬다. 새로운 삶의 터전을 찾아 떠나가는 사람들, 아이들 웃음소리가 줄어든 빈 놀이터. 이곳에서의 짧은 시간들이 오래오래 기억에 남을 것 같다.

4장

내가 제법 괜찮을 수 있을 때까지

살아갈수록
뭉게뭉게 피어오르는
나 자신에 대한 무력함도

내가 되기 위해
꼭 필요한 것이라고
오늘도 몇 번이고
고개 끄덕이면서
빛을 그리워하는 나

어두울수록

눈물 날수록
나는 더
걸음을
빨리한다.

이해인 수녀님의 〈길 위에서〉란 시의 한 구절이 오늘 내 마음에 잔잔한 위로를 건넌다. 나에 대한 무력감에 갈 곳을 잃은 느낌이 들 때, 내가 나로 살아가는 것에 대해 뭐라도 좋으니 작은 자신감이 필요할 때, 스스로에게 강요하듯 할 수 있다를 몇 번을 외칠 때 나를 살리는 문장이나 어떤 장면을 만나는 순간 마음은 묘한 공명을 일으킨다.

가만히 상처 입은 내 마음을 따뜻한 손으로 포근히 감싸 안아 주는 느낌. 모든 일이 다 잘될 거야라고 말해주는 느낌. 지금 이 모든 과정이 언젠가는 내게 눈부시고 찬란한 빛을 선물해 줄 테니 오늘 하루도 씩씩하게 웃어버리라고 위로해 주는 느낌이다. 최근 회사에서 파견직 재계약을 앞두고 나눈 팀장님과의 면담이 마음에 남아 자리를 잡지 못하고 있다. 마음이 한동안 방향을 잃었다.

"리즈가 재계약을 하게 된다면 1년 동안 회사에 보여줄 수 있는 퍼포먼스가 뭐가 있을까? 열심히 하는 건 너무 잘 알고 있는데

리즈만의 강점이 뭐라고 생각해?"

업무에서 나의 강점이 무엇인지를 묻는 질문에 자신 있게 "저는 이러이러한 강점이 있습니다"라는 대답이 나오지 않았다. 예상치 못한 대화이기도 했지만, 회사에서 나는 주어진 일, 맡은 일만 잘하는 사람이었지 주도적으로 퍼포먼스를 내지는 않았다. 열심히 일했는데 자신 있게 그동안 내가 해낸 성과에 대해서 대답을 하지 못하는 이유가 뭘까?

팀장님과의 면담 이후 나는 마음이 찜찜하다. 뭔가 할 말을 못했을 때, 그때 그 말을 했어야 했는데……라는 아쉬움이 남지만, 도대체 내가 했어야 하는 말이 무엇인지 모르겠다. 일 앞에서 작아지는 내가 싫다. 나는 왜 좀 더 당당하지 못할까?

업무적으로 나의 강점은 뭐지? 난 이런 일은 정말 잘해요 라고 자신 있게 대답할 수 있는 게 뭘까? 친절한 응대? 그건 당연한 거고, 열심히 일하는 거? 그것도 당연한 거고. 성실한 거, 그것도 어쩌면 당연하게 생각하는 거니까. 한동안은 주도적으로 일해보려고 노력했지만, 회사에서 원하는 방향과 나의 방향이 다를 수도 있다는 것을 느끼면서 자발적으로 주어진 일만 하자고 마음먹은 적이 있었다. 열심히 성실하게만 딱 그 정도까지만 일했다. 너의 능력은 여기까지라는 기준을 스스로 정했다. 그때의 선택이 옳았던 걸까?

사회라는 시스템 안에서 상처받지 않기 위해 했던 선택이 나를 딱 그 정도에서 멈추게 하고 있었구나를 깨닫는다. 열심히 최선을 다했다고 생각했는데 정말 그게 나의 최선이었을까를 생각하니 그건 최선이 아니었구나 생각하게 된다.

해보고 싶은 업무가 있었지만 반응이 좋지 않아서 노력을 멈췄던 순간이 있었다. 회사는 냉정한 곳이다. 내가 아니어도 잘할 사람은 많고, 나만의 강점, 나만의 무기를 보여주지 않으면 나는 사라진다. 나만의 무기, 나만의 가치를 보여줘야 한다.

어릴 때부터 어른이 될 때까지 학교와 사회에서 늘 직면하는 문제. 당신은 무엇을 잘 하나요? 당신의 강점은 무엇인가요? 내가 가진 장점과 회사에서 원하는 나의 쓸모가 일치하지 않을 때 더 이상 회사는 나를 필요로 하지 않는다. 회사에 필요한 내가 아닌 나는 그저 나에게 필요한 내가 되고 싶은 게 먼저였는데. 나는 내가 되고 싶은 나로 살아가고 싶었는데. 타인의 쓸모에 의해 나를 결정하는 것이 아닌 존재만으로도 가치 있는 나로 살아가고 싶었는데. 이 모든 과정은 그저 내가 되기 위한 하나의 과정일 뿐인데. 상처받고 넘어지면서 이 길을 꿋꿋하게 걸어가기 위한 나만의 무기가 하나쯤은 필요하다. 그런데 이런 평범한 내게 나만의 무기라는 게 있긴 한 걸까?

어느 저녁, A 선생님과 저녁을 먹는 중 선생님께서 내게 해 주신 조언이 떠올랐다.

"선생님은 가면 증후군 증상이 있는 것 같아. 지금까지 본인이 해 온 일들을 너무 과소평가하고 있는 게 느껴져. 본인의 어려움을 충분히 감당하고 겪어내서 이만큼 온 건데 그 과정을 너무 별것 아닌 일이라고 생각하는 것 같아. 그러지 말아요. 충분히 능력이 있는 사람이에요. 선생님이 좀 더 자신을 믿어줬으면 좋겠어요. 충분히 능력 있는 사람이에요. 별것 아닌 사람이 아니라고. 선생님은 선생님만의 향기를 가진 사람이야."

나를 좀 더 당당하게 드러내라는 그날의 말들이 떠올랐다. "별것 아닌 그런 사람이 아니에요"라는 그 말이 왜 나를 울컥하게 했을까? 나의 부끄러운 삶의 기록들 역시 내가 되기 위해 꼭 필요한 것들이었다는 것을 받아들여야 할 때가 됐다.

나를 자신감 있게 드러내라는 A 선생님의 조언과 회사에서 나만의 무기가 무엇인지를 묻는 팀장님의 말이 떠오르는 퇴근길. 재계약 여부에 회사 생활을 불안해했고, 나의 쓸모를 하찮게 생각했다. 이 세상이 어차피 치열한 전쟁터라면 좀 더 가치 있고 쓸모 있는 고민을 하자. 하나의 문이 닫히면, 또 하나의 문이 열린다. 그 문을 열 수 있는 힘은 내게 있다. 지금까지 열심히 잘 버텨 왔다면 분명 나는 잘할 수 있을 거라고 믿고 한번 정성을 다해 보자. 나를 증명할 때가 왔다. 당당하게 나를 드러내자. 이 일은 제가 한번 해 보겠습니다. 저는 잘할 수 있습니다.

겨울 눈_Winter Bud

●

●

●

금요일의 어느 봄밤. 조카들과 석촌호수를 산책한 적이 있다. 조카들도 나도 신이 나서 계단에서 가위바위보를 하면서 계단 오르기 게임도 하고, 달리기 시합도 하면서 산책을 즐겼던 날 조카가 나무들을 바라보면서 나에게 말했다.

"이모, 이 나무들은 벚꽃 나무야. 벚꽃 나무는 꽃이 먼저 핀대. 꽃이 먼저 피고 잎이 나중에 피는 나무도 있고, 잎이 먼저 피었다가 나중에 꽃이 피는 나무도 있대. 내가 퀴즈 낼게. 맞춰봐 이모."
"응."
"꽃이 피기 전 꽃잎들이 이렇게 웅크리고 있잖아. 겨울에 말이야."
몸과 손을 웅크려 꽃잎이 피어나기 전의 모습을 흉내 내면서 조카는 열심히 설명했다.

"그때의 모습을 뭐라고 하게~."

"꽃봉오리?"

나는 당연히 그것이 정답인 줄 알고 말했다.

"땡!! 아니야."

"그럼 뭐라고 불러?"

"정답은!! 겨울눈Winter Bud!! 겨울눈이라고 불러."

"겨울눈? 이름 너무 예쁘다."

"이모, 아름다운 꽃들이 피어나기 위해서는 추운 겨울을 견뎌내
야만 하잖아. 추운 겨울을 견뎌내야만 아름다운 꽃을 피워낼 수
있대. 아무리 추워도 견뎌내야만 꽃을 피워내는 거래."

추운 겨울을 견뎌내야만 아름다운 봄꽃을 피워낼 수 있다고 강
조하는 조카의 말에 귀를 기울이던 나는 봄밤의 나무들을 올려
다봤다. 이제 곧 흐드러지게 꽃이 피겠구나. 조카들과의 밤 산책
을 마치고 집에 걸어가는 길. 조카의 말이 마음에서 떠나가지 않
는다.

각자의 꽃을 아름답게 피워 낼 준비를 겨우내 하고 있다. 꽃들은
어김없이 때가 되면 피어날 것이다. 봄은 어김없이 찾아오고, 꽃
은 반드시 피어날 것이다. 기다림이 고통이 아니라는 것을 꽃들

은 알고 있다. 때가 되면 반드시 찬란하게 피어날 거야. 그날 조카의 말이 나를 위한 위로처럼 느껴졌다. 혹독한 겨울을 견디던 날들이 떠올랐다.

겨울이 지났고, 어김없이 봄이 찾아왔다. 주말 내내 비가 내렸다. 작년 이맘때처럼 하얀 목련 꽃이 먼저 피어난 다음, 노오란 개나리꽃이 피고, 화려한 벚꽃들이 자신의 아름다움을 뽐내는 계절이다. 나는 이 봄, 어떤 꽃을 피워낼 수 있을까? 꽃은 자신이 꽃이라는 것을 알고 있는데, 나는 알고 있을까? 나도 아름다운 꽃이라는 사실을. 나도 향기가 있다는 사실을.

언젠가는 피워 낼 꽃이라면, 한 번 최선이라는 것을 다해보고 싶어졌다. 흔들리면서 피어나는 꽃이 되기로 다짐했다. 관계에 흔들리더라도, 실수하고 넘어지더라도, 나의 존재를 흔들 만큼 삶의 위기가 찾아오더라도, 나는 언젠가는 아름다운 꽃을 피워낼 거라는 그 믿음이 갖고 싶어졌다. 나는 지금 비록 이러한 나일지라도 나를 믿어보기로 결심했다.

모든 것은 다 지나간다.
혹독한 겨울을 견뎌야만
아름다운 꽃을 피워내는 겨울눈처럼

잔뜩, 웅크리고 있는 당신.
언젠가는 당신만의 눈부신
당신이라는 아름다운 향기를 가진
바로, 당신이라는 꽃을 피워내기를.

넌 좋겠다, 엄마 아빠 딸이라서

●

●

●

"언니야, 집에 가서 안 쓰는 물건들 다 정리하고 낡은 것들 다 버리고 새것으로 쓰자고 했는데 엄마가 아직 쓸모 있다고 버리지 말라고 하니까 서영이가 엄마한테 뭐라고 한 줄 알아?"
"뭐라고 했는데?"
"외할머니, 우리 할머니가 아끼다 똥 된다고 했어요."
"뭐? 서영이가 그런 말을 할 줄 알아?"
시골집의 낡은 주방을 리모델링 하면서 몇십 년씩 쓴 그릇들을 버리기 아까워하는 엄마에게 9살 외손녀의 일침이었다.

시골집 물건들은 색이 바래고 오래된 흔적이 있다. 버리는 것을 아까워하는 엄마는 가난을 이겨내기 위해 아끼고 아껴 새것이나 귀한 것은 다 자식들을 위해 썼고, 자신을 위해서는 돈 한 푼 쓰는 것을 아까워했다. 하루 종일 벌어서 주머니에 꼬깃꼬깃 모은 돈은 자식들의 학비로, 월세비로, 생활비로 나가기 마련이었다.

5일에 한 번씩 열리는 장에서 꽃무늬 몸뻬 바지를 사는 것과 일하는 데 필요한 물건들을 사는 게 고작인 엄마의 삶에서 어쩌다한 번 좋은 옷을 입고 나갈 일은 드물었다. 하지만 내 기억 속 엄마는 원피스가 참 잘 어울렸다. 작은 얼굴에 날씬하고 몸매 좋고키가 적당히 큰 엄마는 시골에서 농사짓는 사람이라는 생각이들지 않을 만큼 곱고 아름다웠다. 햇볕에 그을리고, 고생한 흔적보다는 엄마의 고운 미소가 엄마를 더 생동감 있게 만들었다. 오뚝한 콧날과 여린 얼굴선과 환한 미소는 엄마를 더 아름답게 만들었다.

내가 스물한 살 때 아빠가 엄마에게 "당신도 예쁜 옷 한 벌 사 입어"라며 쥐어 준 하얀 봉투에는 만 원짜리 지폐들이 두둑했다. 여름방학이라 집에 내려온 동생과 나를 데리고 엄마는 목포의한 양장점에 들어갔다. 한참을 둘러보더니 엄마는 만지작거리던 원피스가 얼마인지 사장님께 가격을 물어봤다. "싸게 깎아줄테니 한 벌 장만해요"라고 말하는 사장님의 말을 애써 거절한 채엄마는 다른 데 가자며 가게를 나섰다.

엄마한테 잘 어울릴 것 같은 고운 원피스를 사지 않는 엄마가 이해되지 않았지만 우리는 엄마를 말없이 따라갔다. 한 브랜드 가게로 우리를 데리고 들어간 엄마는 동생과 내게 마음에 드는 옷을 골라 보라고 했다.

"대학생도 됐는데 예쁘게 꾸미고 다녀야지."

만지작만지작하던 엄마의 원피스는 새까맣게 잊어버린 채 나는 다홍색 원피스를, 동생은 빨간색 예쁜 셔츠와 블라우스를 샀다. 우리가 옷을 입고 나올 때 흐뭇하게 미소 짓던 엄마의 얼굴이 잊히지 않는다. 브랜드 옷이라니. 동생과 나는 신이 났다. 그리고 어릴 때처럼 분식집에 가서 떡볶이, 김밥과 라면을 먹었다. 결국, 그날. 엄마의 손은 가벼웠고, 두 딸의 양손은 무거웠다.

가난이 습관이고 생활이었던 엄마의 고단한 삶은 늘 자신을 위한 삶보다는 자식과 남편을 위해 희생하는 것이 전부였다. 평소의 엄마는 고단함을 감추고 드러내지 않는다. 힘들어도 티를 내지 않는다. 그런 엄마이기에 한 번씩 엄마의 고단하고 지친 목소리를 들을 때마다 더 마음이 아프다. 고단하고 지친 엄마를 위해 내가 할 수 있는 것이 아무것도 없던 때. 나는 애써 엄마에게 말했다.

"엄마, 조금만 기다려. 내가 꼭 성공해서 엄마, 아빠 호강시켜 줄게."

그 호강을 시켜드리겠다는 약속을 벌써 몇 년째 하고 있는 건지 모르겠다. 아무리 못난 자식도 부모 눈에는 끔찍이도 예쁘다고 하던데, 엄마의 콩깍지는 평생을 가도 벗겨지지 않나 보다.

"너만 행복하면 돼. 엄마는 괜찮아. 우리 자식들만 행복하면 엄마는 괜찮아."

자신의 행복보다는 자식의 행복이 늘 먼저인 엄마, 아빠. 나는 이제 알 것 같다. 엄마, 아빠가 행복해야 우리도 행복하다는 사실을. 나는 아직 부모가 아니라 그 마음을 어렴풋이 느낄 뿐 온전히 느끼지는 못한다. 바람이 있다면 엄마도 엄마의 인생에서 자식들, 남편 말고 한 번쯤은 엄마가 엄마 자신인 채로 행복할 수 있는 무언가를 찾으셨으면 좋겠다는 생각을 했다. 아빠도 아빠 자신으로 행복할 수 있는 순간들을 마음껏 누리셨으면 좋겠다는 생각이 든다. 삶에서 크게 바랄 게 없다는 말보다는 좋은 데도 가보고 싶고, 평소에 안 해보던 것도 해보고, 삶에서 여전히 희망하고 바라는 것들이 참 많아서 삶이 재미있다는 말을 하셨으면 좋겠다.

행복을 찾지 못해 방황하던 나는 이제야 조금씩 내 삶에서 행복의 반경을 넓혀가고 있다. 타인의 행복을 좇는 게 아닌 나다운 행복이 무엇인지를 고민했던 긴 시간이 내게 알려준 건 우리는 각자 같지만 다른 행복을 꿈꾼다는 것이다. 드라마 〈원더우먼〉의 독백이 떠올랐다.

"내 인생은 항상 여기가 아닌 다른 곳을 꿈꾸며 사는 날들의 연속이었다. 하지만 지나고 보면 정작 그리워했던 것은 늘 지나간 순간들이었다. 지금과 아주 다른 내가 되고 싶어 했던 나는 결국 가장 나다웠기 때문에 모든 걸 할 수 있었고, 어떤 얼굴로 살든 스스로 자신임을 잃지 않을 때 우리는 무엇이든 할 수 있다."

맞다. 늘 지난날의 무언가가 그리웠던 건지도 모른다. 엄마의 따뜻한 미소, 동생들과 한 방에서 북적이던 수많은 밤들. 늘 저녁이면 함께 둘러 모여 먹던 저녁 밥상. 아침마다 "학교 가야지. 얼른 일어나"라고 말하던 엄마의 잔소리. 아침마다 버스를 놓치지 않기 위해 젖은 머리를 휘날리며 뛰어가던 시골길. 아빠와 함께 차를 타고 돌아다니던 한적한 시골길. 아빠 양손에 가득 들려 있던 맛있는 음식들. 무뚝뚝하지만 세상 다정했던 아빠의 마음. 어쩌면 내가 그리웠던 행복은 그런 순간들이었는지도 모른다. 그런 순간과 그 마음 덕분에 다시 나는 두 발을 딛고 살아가고 있다. 자신의 행복보다 자식의 행복이 늘 먼저였던 엄마, 아빠의 마음 덕분에. 늘 내가 먼저일 수 있었던 건 어쩌면 내 덕분이 아

니라 부모님 덕분인지도 모른다. 이기적인 나로 살아갈 수 있는
건, 이기적인 나여도 사랑을 받았기 때문인지도 모른다.

투웬티+투웬티, 마흔입니다
(20+20=40)

●

○

●

금요일 퇴근 후 정동극장에서 송승환 배우님과 김다현 배우님의 〈더 드레서The Dresser〉라는 연극을 봤다. 인생을 돌아보게 하는 대사와 배우들의 연기력에 몰입했다.

"노먼, 끝까지 견뎌야 해. 견뎌야 해"라고 말하는 송승환 배우의 대사가 귓가에 맴돈다. 무엇을 위해 우리는 자신을 몰아세우며 견뎌야 하는 것일까? 견디면서 열정을 다해 무대에 섰지만 삶의 말미에 자신에게 남은 게 아무것도 없다고 말하는 배우의 대사는 우리에게 무엇을 말하고 싶었던 것일까?

정동극장을 나와 덕수궁 돌담길의 운치 있는 밤거리를 걸었다. 아직도 배우들의 연기와 열정의 여운이 내내 내 마음에 남는다.

그 뜨거운 열정이 부러웠다. 무대 위를 꽉 채우던 배우들의 연기와 때로는 뜨거웠다가 때로는 차가웠던 극장의 공기와 조명, 살아 숨 쉬던 표정과 눈빛. 문득, 나는 무엇을 위해 열정을 쏟고 있을까?라는 생각이 든다.

시청역 지하철 2호선을 타고 집으로 돌아가는 길. 텅 빈 지하철 안 나는 비어 있는 자리에 앉는 대신 내가 좋아하는 잠실 한강변 다리의 밤 풍경을 보기 위해 서서 갔다. 지하철 창문으로 마스크를 낀 내 얼굴이 보인다. 창가에 비친 나를 자세히 바라봤다. 머리카락이 보인다. 내 머리숱이 이렇게 적었나? 오늘따라 유난히 차분한 머리 스타일 때문인지 숱도 적어 보이고, 마스크 위로 보이는 눈가의 주름이 자글자글해 보인다. 눈가 주름은 왜 이렇게 선명하게 보이지? 어랏?! 정수리 끝에 우뚝 솟아있는 건 뭐지? 흰머리다. 차분하게 가라앉은 길고 검은 생머리 가운데 유독 우뚝 솟은 흰머리 한 개가 눈에 띈다. 뽑고 싶다. 그런데 얼마 전 미용실에 갔을 때 흰머리는 뽑지 말라고 했던 미용실 원장님의 말이 떠오른다. 지하철 안에서 이마를 찡그리고 흰머리를 뽑고 싶지는 않았다.

어릴 때는 숱이 참 많았는데 숱은 왜 이렇게 줄어든 걸까? 머리숱 하나에 생각이 꽂혀 고개를 이리저리 돌려보고 머리로 얼굴을 가려보기도 하고 뒤로 넘겨 보기도 한다. 갑자기 지하철 창가 맞은편에 앉은 20대로 보이는 여성의 풍성한 머리가 눈에 띈다. 나도 한때는 머리숱이 풍성했는데. 펌을 할까? 아니면 단발로 자른 후 C컬을 할까? 한참 생각을 하며 창가에 비친 내 모습에 집중하고 있는데, 다시 창가 맞은편으로 이번에는 50대로 보이는 고운 중년 여성이 보인다. 이분은 짧은 머리에 펌을 했다. 머리숱이 풍성해 보인다. 생각해 보니 어릴 때 중년 여성들은 왜 하나같이 짧은 머리에 컬이 풍성한 펌을 할까? 왜 개성 없이 하나같이 똑같은 헤어스타일일까? 궁금했던 적이 있었다.

내가 중학교 때인가 긴 머리를 오랫동안 고수하던 엄마가 어느 날, 머리를 싹둑 자른 후 뽀글뽀글 펌을 하고 온 날 깜짝 놀란 적이 있었다. 아빠는 긴 머리가 당신에게는 잘 어울렸다며 왠지 서운하다는 기색을 내비치셨지만, 엄마는 머리를 싹둑 자르고 나니 편하고 좋다며 웃으셨다. 중년의 엄마는 왜 긴 머리를 짧은 헤어스타일로 바꾸셨을까? 어느 순간 나도 지금의 긴 생머리 대신 머리를 싹둑 자르고 뽀글 머리 펌을 하게 되는 날이 오겠지?

어느 날, 조카가 물었다.
"이모, 내가 어른이 되면 이모는 할머니가 되는 거야?"
"그렇겠지. 왜?"

"나 그럼 어른 안 되고 싶어. 이모가 지금 모습 이대로면 좋겠어. 이모가 할머니 되는 거 싫어."

그때는 조카의 말을 웃어넘겼지만 오늘 그 말이 떠오른다.

풋풋함이 사라지고 이제는 누가 봐도 나이를 짐작하게 되는 지금 내 나이는 마흔이다. 스무 살을 두 번 보낸 나이. 김미경 강사가 강조하고 있는 말처럼 두 번째 스무 살이다. 어느 순간 긴 생머리가 더 이상 어울리지 않게 될 때는 머리를 싹둑 자르고 굵은 펌을 해야 할지도 모른다. 눈가에 깊은 주름과 입가의 주름에 익숙해져야 한다. 누군가 그랬다. 우리 나이 들어가는 게 아니라 깊어가는 것, 익어가는 거라고.

마음이 여전히 청춘이라는 말은 반은 맞고 반은 틀리다. 때로는 사소한 일들에 흔들리고 때로는 어린 시절과는 다르게 더 이상 사소하다고 생각하는 것들에 흔들리지 않는다. 그런데 그 흔들리지 않음이 가끔은 아쉽다. 굴러가는 낙엽에도 깔깔거리던 웃음이 그립고, 서툰 감정에 가슴앓이 하던 나의 한 시절이 그립고, 관계에 상처받고 이해하지 못하던 감정 기복이 그립기도 하다. 너무 삶을 시큰둥하게 살고 있는 건 아닌지, 너무 무신경하게 살아가고 있는 건 아닌지, 너무 웃음을 잃어가고 있는 건 아닌지. 박장대소하면서 웃었던 적이 언제인지 기억나지 않는다.

나이가 들면서 생각이 깊어지고 마음이 넓어지는 건 참 좋은데 사소한 것에서 웃는 법을 잃어가는 건 왠지 서글프다. 머리숱이 줄어드는 것도, 흰머리가 많이 생기는 것도, 주름이 깊어지는 것도 사실 아직 적응이 안 된다. 하지만 스무 살을 두 번 맞은 내 나이 마흔, 나는 지금의 나를 받아들여야 한다는 것을 알고 있다.

마흔이 되면 어떨까? 늘 궁금했었다. 여전히 마음 안에 하고 싶은 것도 많지만 할 수 없는 것도 있다는 것을 알게 된 지금 나는 지금이 제법 나쁘지는 않다. 여전히 꿈꾸고 있음에 감사하고 있다. 아마 나는 지금의 나에게 그리고 더 나이 들어갈 나에게 점점 익숙해질 것이다. 마흔은 마흔대로 아름다울 것이라고 믿고 싶어진다. 나를 몰아세우지 않고 인생의 순간들 속에서 남는 것이 아무것도 없는 인생이 아닌 사랑하는 마음만큼은 남는 인생이었으면 좋겠다는 생각이 든다. 언젠가 짧은 머리 굵은 펌을 한 중년의 여인이 됐을 때 자연스럽게 익어가는 내 모습을 뜨겁게 사랑할 수 있는 그런 여인이 되고 싶다.

이런 생각을 하다 보니 어느새 문정역에 도착했다. 겨울밤 공기 참 좋다. 오늘 연극도 참 좋았다.

글에도 온기가 있다

•

•

•

"언니야, 요즘 언니 글 읽으면서 느끼 건데, 자신감이 많이 묻어 나더라. 그런데 난 언니의 글에 진실함이 그대로 묻어나는 글을 쓰면 좋겠어."

동생과 예술의 전당으로 오랜만에 전시회를 보러 가는 차 안. 동생은 내 글을 읽을 때 참 좋았던 건 억지로 감정을 쥐어짜지 않아도 되고, 잔잔하게 스며드는 느낌이 참 좋았다고 말한다. 큰 사건이나 특별한 일이 있어서가 아니라 일상에 있을법한 일 속에서 위로받는 느낌. 마치 잔잔한 강물 같은 느낌을 받았다고 했다. 동생의 말에 생각이 많아진다. 내가 묻어날 수 있는 진실한 글이라. 그런 글은 어떤 글일까? 어떤 문장일까? 어떤 게 나다운 글인지, 어떤 게 나다운 문장인지. 나는 아직 잘 모르고 있다. 동생과 대화를 주고받는 사이, 어느새 예술의 전당에 도착했다. 사람이 너무 많아서 아쉽게 전시회를 보지 못한 채 동생과 헤어졌다. 동생은 학교가 끝난 조카들을 데리러 가고, 나는 잠실 롯데월드몰에 들렀다.

생일이라 집에 그냥 들어가기 아쉬워 나를 위해 작은 선물이라도 해야겠다 싶어 롯데월드몰에 들렀지만, 사고 싶은 것이 없다. 솔직히 말하면, 사고 싶은 건 너무 비싸고 저렴한 건 사고 싶은 마음이 들지 않았다. 그때 우산 가게가 눈에 띈다. 알록달록 원색의 우산들이 보인다. 나도 모르게 그 가게로 걸어갔다. 빨간색 화려한 우산이 눈에 띄어 다가갔는데, 노란색 우산도 눈에 띈다. 어떤 색을 사야 할지 몰라서 고민을 하고 있는데 사장님이 노란색 우산을 건네면서 화려한 빨간색보다 단아한 노란색이 더 잘 어울린다며 노란색 우산을 추천해 주신다. 그런데 나는 빨간색 우산이 사고 싶었었다.

"딱 봐도 참하고 단아하네요. 노란색이 더 잘 어울려요. 손님을 환하게 밝혀 주네요. 나 여기서 장사 오래 해서 딱 봐도 그 사람한테 뭐가 더 잘 어울리는지 알 수 있어요. 손님에게는 노란색이 더 잘 어울려요. 참 예쁜 사람이네요. 너무 예뻐요."

느낌이 참 예쁜 사람이라면서 노란색 우산을 추천해 주는 사장님의 칭찬에 기분이 행복해진다. 처음 보는 사람이 나의 느낌이 참 예쁘다고 말해줬다. 타인의 눈에도 보이는 나의 느낌이라는 게 뭘까? 나의 느낌, 나다운 글, 나다운 삶. 나는 끊임없이 고민하고 있다.

연차 이튿날, 새벽에 가벼운 미열이 나기 시작했고, 정오까지 잠을 잤다. 요란한 빗소리가 들렸고, 꿈결인지 현실인지 모를 정도로 잠에 취했다. 온몸이 땀으로 흠뻑 젖었다. 꿈을 꾼 것 같은데 기억이 나지 않는다. 천둥 번개 소리도 들린다. 꿈일까? 현실일까? 일어나고 싶은데 눈을 뜰 수가 없다. 오늘 하고 싶은 일도, 해야 할 일도 많은데, 왜 몸이 꼼짝을 하지 않는 것일까? 잠은 왜 이렇게 밀려오는 것일까? 온몸에 힘이 빠지고 손과 팔에 감각이 없다. 잠결에서조차 나는 마음이 불안하다. 이러면 안 되는데 하는 조급함이 생긴다. 그때의 내가 떠올랐다. 하루하루를 무기력하게 살아가던 내가.

'안돼! 정신 차리자! 힘을 내자! 눈을 뜨자!'

나는 진짜로 괜찮아진 걸까? 아니면 억지로 애써 힘을 내고 있는 걸까? 어쩌면 그 경계에 있는 건지도 모르겠다. 요란한 비가 멈췄다. 시계를 보니 정오가 넘었다. 그래, 이제 일어나자. 오늘 해야 할 일을 하자. 그런데 뭘 해야 할지 모르겠다. 분명, 해야 할 일들이 많았는데. 정확히 말하면 꼭 해야 하는 일이 있는 건 아니었다. 그런데 난 왜 꿈속에서조차 뭔가 해야 한다는 강박에 시달렸을까? 이틀쯤 아무것도 안 해도 되는데, 아무것도 안 한다고 내 일상이 무너지는 것도 아닌데. 나는 뭐가 이리 조급한 걸까? 가끔은 아무것도 안 해도 괜찮아. 아무것도 안 해도 세상 안 무너져. 너무 요란 떨지 말라고 내게 말해본다. 귀찮다. 아무것도 안 하고 싶다.

노트북을 켜고 오랜만에 보고 싶은 영화를 연속으로 봤다. 〈4등〉, 〈소공녀〉라는 독립 영화를 봤다. 영화 4등에서 수영코치 광수는 준호에게 말한다.

"인마, 너 한 번이라도 1등 하고 싶었던 적 있어? 네 눈빛에서 1등 하고 싶은 간절함이 없어."

수영이 좋아 수영을 시작했지만, 늘 4등에 머물던 준호는 그저 수영하는 그 자체가 좋았을 뿐 1등을 꼭 하고 싶었던 건 아니다. 그러던 어느 날, 준호는 광수에게 말한다.

"저 수영하고 싶어요. 지금까지는 1등 하고 싶었던 적이 없는데 이제는 1등이 하고 싶어졌어요."

영화 소공녀에서 미소는 담뱃값이 오르면서 집을 뺀다. 친구 집을 전전긍긍하면서 담배와 위스키를 포기하지 못하는 미소를 친구들은 이해하지 못한다. 미소는 말한다.

"집이 없어도 담배와 위스키만 있으면 돼요."

한때는 촉망받는 국가대표 수영 선수였던 광수와 수영이 좋아 수영을 시작했지만 늘 4등에만 머물던 준호가 1등이 해보고 싶어진 순간, 집은 없어도 되지만 자신의 취향만은 포기할 수 없었던 미소를 보면서 나는 마음에 온기가 돈다. 좋은 영화와 책은 이래서 필요하다. 재즈 음악이 흐르고, 창문으로 다시 햇살이 비친다. 잘 쉬었다. 조급하던 마음의 자리에 여유가 생긴다. 다시 몸이 회복되는 기분이 든다. 나는 미소처럼 간절한 무언가가 있나? 나는 어떤 분야에서 1등을 해보고 싶은 간절함이 있나? 내 눈빛에는 간절함이 있는 걸까? 그래, 글. 내게 글이 있지. 동생이 어제 차에서 했던 말이 다시 떠오른다.

"언니야, 난 이런 작가들이 그리워. 좋은 글을 읽고 나면 따뜻한 물에 몸을 담갔을 때의 느낌이 들 때가 있어. 차가웠던 몸과 마음에 온기가 퍼지는 느낌말이야. 한동안 글을 읽을 때 억지로 위로받는 느낌이 들었는데 언니 네가 쓴 글을 읽었을 때 그런 온기를 느낄 수 있었어. 난 언니가 그런 글을 쓸 수 있으면 좋겠다는 생각을 했어. 따뜻한 온기가 느껴지는 글. 얼었던 마음을 따뜻하게 녹여주는 글. 나는 그런 작가들이 그립더라."

나는 진정 마음에 온기를 불어넣을 수 있는 가장 나다운 글을 쓸 수 있을까? 처음 글을 썼을 때의 그 마음을 떠올려 본다. 영화 속 준호처럼 나는 글을 쓰는 게 좋아서 매일 글을 쓰고 있다. 내게 위로이자 희망이었던, 나의 글쓰기는 때로는 방향을 잃고 글 쓰는 행위 자체에만 급급했던 적이 있다. 나다운 글을 쓰기 위해, 나다운 삶을 살기 위해, 나다움을 찾기 위해, 내가 여전히 방황하고 있는 지금. 사실 가장 위로가 필요한 사람은, 희망과 온기가 필요한 사람은 그 누구도 아닌 바로 나 자신이다. 꿈속에서도 나는 알고 있었는지 모른다. 지금 나는 위로가 필요해. 지금 나는 온기가 필요해. 글에 희망을 걸어 본다. 내 글이 따뜻한 온기를 전해줄 수 있기를 바라본다.

"나는 언제까지나 씀으로써 나를 존재하게 할 것이다"라는 손화신 작가님의 〈쓸수록 나는 내가 된다〉의 문장이 떠오른다. 그래. 나 역시 씀으로써 나를 존재하게 할 것이다. 쓸수록 나는 더 나다워질 것이다. 오늘도 한 줄을 쓴다. 쓰고 계속 쓴다.

청춘의 상처야, 이젠 그만보자!

●

●

●

감정은 때로 깊은 산속의 아무도 찾는 이 없는 옹달샘 같을 때가 있다. 아무도 찾지 않고, 흐르지 않는다. 가끔 산짐승들의 목을 축이는 역할을 하고, 나무들의 거울이 되어준다. 늦은 밤 퇴근길, 힘든 하루 끝, 깊은 한숨을 내쉬는 나는 눌렀던 감정을 내뱉는다.

문정역 2번 출구 앞을 지나 집으로 걸어가는 밤. 밥 벌어먹고 살기 쉽지 않은 현실이 어깨를 짓누른다. 울상인 내 표정도 눈에 선하다. 아무라도 붙잡고 힘들다고 말하고 싶은데, 막상 아무나가 없다. 깊게 한숨을 내뱉는다.

"요즘 너무 힘들지. 그래, 많이 힘들지."

한 마디를 내뱉었는데 그다음 말들이 주저리주저리 나온다. 그래, 어쩌면 나는 이 힘든 시기를 같이 맞장구쳐주고 공감해 줄 누군가가 필요했는지도 모른다.

시시때때로 찾아오는 이 친구는 썩 반갑지는 않다. 한 번씩이 친구가 찾아올 때면, 잠 못 이루는 밤들을 보냈고, 알 수 없는 텅 빈 마음에 어떻게 해야 할지 몰랐던 적이 많았다. 많은 사람들에 둘러싸여 있어도 이 친구는 저 멀리서 나를 향해 손짓을 하고 있다. 내가 지금 널 기다리고 있어. 아름다운 풍경을 보고 있어도, 퇴근 후 불 꺼진 방의 불을 켤 때도, 늘 이 친구는 나를 맞이해 준다. 외로움이다.

어린 시절, 친구들과 골목에서 노는 것보다 집에서 혼자 책을 읽거나 인형 놀이하는 것을 더 좋아했던 나는 아마 습관처럼 외로움이 익숙하고 편했는지도 모른다. 학교에 다니면서 친구들에게 따돌림을 당한 날은 아무도 내게 말을 걸어주지 않아, 외톨이로 있어야 하는 날들도 있었다. 선생님은 눈치채지 못했고, 부모님이 걱정하실까 봐 집에서는 애써 밝은척했다.

친구들 사이에도 약자와 강자가 있고, 강자의 말에 꼼짝 못 하는 또 다른 약자들이 있다. 어제까지 집에 함께 걸어가면서 과자도 같이 먹고 신나게 웃고 떠들던 친구가 강자인 친구의 한마디 "야! 너 오늘부터 혜영이랑 놀지마, 안 그럼 너도 따돌림당할 줄 알아"라는 한마디에 나는 그 친구와는 눈도 못 마주치는 신세가 된다.

암묵적인 이 규칙은 내게 더 자주 적용되었다. 나는 자주 왕따가 되었고, 왕따가 아니었던 날은 왕따가 되지 않기 위해 강자인 친구의 눈치를 살피기 시작했다. 불합리에도 아무 말 못 했고, 주눅 들었으며, 그것이 내 어린 날의 인간관계에 형성된 상처라는 것을 어른이 된 이후 알게 되었다. 다행히, 중고등학교에서는 좋은 친구들을 만난 덕분에 친구들과 친해졌다가 멀어지기도 하면서 학교생활을 재미있게 즐겨 나갔다. 그런데 여고 3학년 때, 한 친구가 내게 말했다.

"혜영아, 넌 참 착해서 좋은데 가끔 지나칠 때가 있어. 왠지 네가 친구들 눈치를 너무 많이 보는 것 같아. 난 네가 안 그랬으면 좋겠어."

아직 치유되지 않은 어린 날의 상처가 괜찮은 줄 알았는데 괜찮지가 않았나 보다. 습관적으로 상대의 눈치를 살피고, 마음을 졸였다. 이 친구가 나한테 화나면 어떡하지? 이 친구가 나를 미워하면 어떻게 하지? 그것은 여전히 내 마음 안에 두려움으로 남아 있는 상처였다. 그래서 난 좋은 친구들과 함께 있으면서도 어쩌면 한 번도 그들에게 진짜 내 마음이나 생각을 드러내지 못한 채 그저 착한 친구 혜영이로만 남아 있는지도 모른다. 치유되지 않은 상처가 자라지 못한 채, 따뜻한 햇볕을 받지 못한 채 여전히 음지에 남아 있다.

나는 이 상처가 가만히 몸을 숨기고 있다가 꼭 중요한 시점에 사람들과의 관계에 불쑥 나타나 트라우마처럼 작용할 때가 있는 것을 시간이 한참 지난 후 알았다. 나의 트라우마는 외로움이라는 감정으로, 때로는 낮은 자존감으로, 때로는 텅 빈 마음으로, 때로는 불안으로, 단단한 벽을 만들 때가 많았다. 무리에 속하지 못하고 늘 그 주변을 맴도는 느낌. 텅 비고 공허한 느낌들은 나를 더 외롭게 했다. 사람과 사람 사이에는 늘 벽이 존재했다. 상처받지 않으려고 만든 그 벽이 오히려 늘 상처가 된다는 것을 알면서도 허물 자신은 없었다.

언젠가부터 나는 자발적 외로움을 선택했는지도 모른다. 자발적 고독과는 다른 외로움. 손을 내밀고 싶지만 용기가 나지 않는다. 겉으로는 쾌활한 척하지만, 마음에는 늘 쓸쓸함이 있다. 밝은 웃음 뒤의 가면은 그래서 내게 더 자주 들킨다. 외로움은 늘 웃음 뒤에 언제든 숨어 버린다. 외로움 덕분에, 내가 알게 된 건 사람을 그리워한다는 사실이다. 혼자 있는 것을 좋아하지만 혼자 있는 것만 좋아하지는 않는다. 나는 늘 사람이 그립다. 타고난 내성적인 성향과 어린 날의 치유되지 않은 상처가 사람에 대한 벽을 너무 깊이 만들었는지도 모른다. 하지만 내게는 햇살 같고, 봄바람 같은 만남과 관계들도 많았다. 그 수많은 따뜻한 감정과 만남에도 여전히 치유되지 않은 내 안의 상처를 나는 어떻게 안아 줘야 하는 걸까?

따뜻한 햇살이 되어 줬던, 내게 시원한 그늘이 되어 줬던 그 수많은 만남과 인연, 그리고 그럼에도 내게 깊이 남아 있는 외로움. 채워지지 않는 마음 때문에 나는 글을 쓰는지도 모른다. 외로움 덕분에 글을 쓴다. 외로움 덕분에 사람이 그립다. 외로움 덕분에 나를 알게 됐다. 외로움이 고독으로 변모한 순간 나는 더 자주 고독해지기로 작정했다. 혼자만의 시간도 자주 갖되 그 안에서 느끼는 외로움과 고독이라는 감정을 귀하게 다뤄줄 작정이다.

그 누구보다 내 곁에 오랜 시간 함께였던 이 친구를 이제는 애써 밀어내려 하지 않기로 결심했다. 외로움부터 아끼고 사랑해 주려고 한다. 당당하게 말해야지. 외로움이 뭐 어때서요? 그리고 내게 따끔하게 한마디 해보려고 한다. 언제까지 아픈 상처에만 매달려 있을 건데? 과감하게 아픈 상처는 끊어낼 줄도 알아야지. 깊이 알아준 다음은 과감하게 작별하자. 너의 상처와 그만 결별하자.

어딘가에 숨어있을 나의 오아시스

"인생 책이 뭐예요?"라고 묻는다면 다섯 손가락 안에 꼭 〈어린 왕자〉를 말한다. 나는 그중 다음의 문장을 참 좋아한다.

"사막이 아름다운 것은 오아시스를 숨기고 있기 때문이에요.
나는 사막이 신비롭게 빛나는 이유를 깨닫고 깜짝 놀랐다. 어릴 적에 나는 아주 오래된 집에 살았다. 오래전부터 전해온 이 이야기에 의하면 그 집에는 보물이 숨겨져 있다고 했다. 물론 그 보물을 찾아낸 사람은 아무도 없었다. 보물을 찾으려는 사람도 없었다. 그런데 보물 때문에 그 집은 아주 매력적으로 보였다. 내 집은 보이지 않는 깊숙한 곳에 비밀을 숨기고 있었던 것이다.
— 〈어린 왕자〉 중에서

나도 내 안에 오아시스를 숨기고 있을까? 내가 간절하게 찾고 있는 나의 오아시스는 무엇일까? 나의 쿼렌시아를 찾을 수 있을까?

한때 나는 실체도 없는 행복이라는 오아시스를 찾아 헤맸다. 행복하지 않았던 날들과 행복이 내게서 너무 멀리 떨어져 있다는 생각으로 수많은 날들을 건디는 건 고통이었다. 뜬 눈으로 밤을 지새웠던 날들. 양을 몇 마리까지 샜는지 모르겠다. 아마, 전 세계의 양은 다 만났을 수도 있다. 수많은 밤들을, 수많은 날들이 지났다. 그리고 지금 제법 행복한 내가 나의 오아시스를 여전히 찾아 헤매고 있다.

늦은 밤 업무를 마치고 내가 좋아하는 잔나비의 음악을 듣는다. 창문 틈으로 아직은 쌀쌀한 이른 봄밤의 공기가 느껴진다. 하루 종일 업무에 신경 쓰느라 애쓴 오늘의 나를 다시 일으켜 세워 원고를 마무리하자고 마음먹은 내 손가락이 떠오르지 않는 단어들을 쥐어짠다.

어두운 봄밤을 밝히는 건 내 방안의 형광등과 창밖의 교회 조명과 여전히 불 켜진 빌딩들의 불빛들이다. 글은 마음을 반영한다. 절대 마음을 벗어날 수 없다. 나는 다시 오아시스를 찾아 헤매고 있다. 행복하지 않은 수많은 날들을 건딘 후에 알게 된 건 행복의 오아시스는 멀리 있는 게 아니라는 깨달음이었다. 잠들기 전 듣는 조용한 음악, 머리가 복잡하고 외로울 때 읽는 책 한 권, 외로운 날 마음속에 들어오는 한 문장, 생각이 복잡한 날 노트에 쓸 수 있는 한 줄, 글 쓰는 것으로 시작하는 새벽의 시간, 따뜻한 차 한 잔. 창밖으로 보이는 새벽 풍경, 아침이 밝아오는 풍경을 볼 수 있는 여유로운 나만의 아침 시간, 그리고 매일 내가 할 수 있는 나의 일과 매일 함께하는 사람들. 일상에 행복의 오아시스가 숨어 있다.

그런데 단순할 줄 알았던 행복에 다시 균열이 생긴다. 늘 무너지고 세워지는 것이 행복일까? 오아시스를 찾았다고 생각했는데, 내가 발견했다고 생각했던 오아시스는 내 몫이 아니었다는 생각이 든다. 다시 여행을 떠나야 하는 여행자가 된 기분이다. 온전한 나의 행복이라는 것이 있기는 한 걸까? 실체를 알 수 없는 행복은 늘 불안하다. 불안한 행복을 붙잡는 대신 인생이 고통의 연속이라는 것을 그냥 인정해 버릴까? 내가 단순한 행복에 만족할 수 없는 존재라는 것을 인정해 버릴까? 얼마나 더 길을 떠나야 행복의 오아시스를 만날 수 있을까?

"사실 탐닉의 대상을 찾기까지의 과정이 훨씬 어렵다. 자신이 진정으로 원하는 것을 처음부터 잘 알고 있는 사람은 없다. 내가 어딜 가야 즐거울까. 내가 무엇을 해야 신이 날까. 누굴 만나야 행복해 질까. 평생 나를 던져도 아깝지 않은 그 무엇이 있을까? 그것은 직관으로만 알 수 없다. 낯선 상황 속에 몸과 마음을 던져야만 알게 되는 경험적 지식이다. 우선 우리는 '나 자신'에 대해 탐닉해야만 하는지도 모른다. 내가 어떤 사람인지를 더 정확히 알기 위한 헤맴, 방황, 망설임, 그 과정을 탐닉할 수 있어야 한다. 조금 더디더라도, 조금 돌아가더라도, 조금 걱정스럽더라도."

정여울 작가의 〈그때 알았더라면 좋았을 것들〉에서는 내가 어떤 사람인지를 알기 위해 헤맴과 방황과 망설임의 과정을 탐닉할 수 있어야 한다고 말한다. 어쩌면 내가 만나고 싶은 오아시스는 내 안의 수많은 가능성과 내가 만나고 싶은 나 자신이 아닐까.

삶이 주는 장애물을 거뜬히 뛰어넘는 나를 꿈꿨다. 이만큼 성장했으니 장애물쯤은 우스울 줄 알았다. 그런데 장애물은 장애물이다. 넘을 때마다 온 힘을 다해야만 뛰어넘을 수 있다. 겨우, 간신히 뛰어넘는다. 넘어지기 일쑤고, 때로는 장애물을 만나면 온 신경이 마비되기 일쑤다. 나이와 경험이 나를 더 성숙하게 만들어 줄 거라고 생각했다. 그런데 삶은 늘 어렵다. 나를 만나기 위한 탐닉의 과정은 그래서 여전히 어렵다.

꾸벅꾸벅 졸린 눈을 비벼가며 글을 쓰는 이 과정 또한 쉽지 않다. 그런데 알 것 같다. 직관적인 느낌이다. 이 과정을 멈춰 서는 안 된다는 것을. 이 여행을 멈출 수 없다는 사실을. 결국 내가 만나야 할 나는 여전히 안갯속에 가려진 채 그저 고요한 음악 소리만 내게 들려줄 뿐이다. 세이렌의 노래처럼.

지금처럼 내가 찾는 오아시스가 무엇인지, 어디에 있는지 길을 잃는 순간이 오더라도 나는 믿는다. 나만의 오아시스가 분명 존재한다는 사실. 나를 찾는 여행을 멈추지 않기로 다시 마음먹는다. 졸린 눈을 부릅뜨면서. 목적지에 도착할 때까지 조금 더디더라도 멈추지 말아야지. 어떻게 살고 싶은지, 내 인생을 어떻게 창작해 나갈 것인지, 나는 어떤 사람으로 살고 싶은지. 이 달콤 쌉싸름한 방황을 계속해 나가야지. 나의 퀘렌시아, 나의 오아시스를 만나는 그날까지.

순도 100%, 내 멋대로 한번 살아볼까?

●

●

●

"내가 생각할 때는 30, 40대가 인생에서 가장 아름다운 나이인 것 같아."

한 해가 지나갈 무렵 언젠가 팀장님의 이야기에 나도 모르게 위안이 됐었다. 보통은 나이 먹어서 안 좋다는 이야기를 많이 하는데 직접 40대를 경험하고 있는 팀장님의 말씀이라 왠지 그 말에 믿음이 갔다. 20대는 젊기에 뭘 해도 예쁠 나이지만 30, 40대. 특히 40대 때부터는 진짜 그 사람이 살아온 인생의 흔적이 보이는 시기라는 생각이 든다. 그래서 마흔은 내 인생에 책임을 져야 하는 시기이다. 얼굴과 표정에 내가 드러나는 시기. 그 시기가 마흔이다. 그래. 나이가 들어간다는 건 그런 걸지도 모른다. 삶의 가면을 벗게 되는 건지도 모른다. 젊고 생명력으로 가득했던 시기를 지나면 이제 뱀이 허물을 벗듯 자신의 삶의 흔적을 드러내는 시기. 그 흔적들이 얼굴, 표정 그리고 목소리에 드러나는 시기. 나는 나의 흔적을 잘 남기고 있을까?

잘 살아왔는지는 모르겠지만, 내 인생의 힘든 시기들을 잘 견뎌냈다. 잘 버텼다. 실수도 했고, 아프기도 했고, 방황도 했다. 잘 못된 선택 앞에 와르르 무너지기도 했다. 그리고 다시 일어섰고 버텼다. 여전히 나는 인생의 터널을 꿋꿋하게 통과하고 있는 중이다. 아직은 걸어가야 할 길이 멀다. 그래도 제법 잘 견뎌내고 있다. 먹구름이 잔뜩 껴있던 내 인생에 조금씩 먹구름이 지나가고 햇살 한 줌이 비치기 시작했다. 그 햇살 덕분인지 이제 나도 잘 살아갈 수 있을 거라는 희망이 생기기 시작했다. 희망 한 줌은 그 모든 것을 그럼에도 불구하고 견디게 해준다.

C 작가님의 생일이라 축하한다는 메시지를 보낸 아침. 작가님께 제주도의 아름다운 바다가 보고 싶다는 메시지를 함께 남겼는데, 바다를 향해 힘껏 달리는 작가님의 두 딸의 영상을 보내 주셨다. 파도가 치는 바다를 향해 있는 힘껏 두 발로 모래사장을 뛰어가는 아이들의 달리기와, 까르르 웃는 웃음소리, 밝게 빛나는 태양, 태양에 비치는 반짝이는 해변. 제주도의 반짝이는 바다를

보면서 자라고 있는 작가님의 두 딸이 얼마나 멋지게 자라날지 상상하면서 작가님께 두 아이는 참 축복받았다고 말하니, 작가님은 아이들이 자기 멋대로 자랐으면 좋겠다고 한다.

자기 멋대로 자랐으면 좋겠다는 바람이라니. 참 멋진 엄마다. 그녀의 말에 나 역시 40부터는 이제 내 멋대로 살아봐야겠다고 답변했다. 작가님은 우리 삶의 목표를 순도 백 프로 내 멋대로 살아보기로 해 보는 건 어떠냐고 말한다. 순도 백 프로 내 멋대로 살아보기라니. 이거 너무 멋진 삶의 목표 아닌가. 작가님과 약속했다. 지금부터 우리 인생을 한 번 내 멋대로 살아가는 연습을 해 보자고. 상상해 본다. 내 멋대로 살아보는 삶이란 어떤 삶일까? 내 멋대로 삶을 살아갈 수 있다면 나는 지금 당장 무엇을 하고 싶을까?

회사 책상에 앉아 키보드를 두드리고 있는 나는 당장 바다를 보러 가고 싶다. 모래사장에 앉아 파도에 출렁이는 바다를 바라보면서 이어폰을 꽂고 음악을 듣고 싶다. 떠나고 싶은 욕구가 지금 내 안에 가득하다. 떠나고 싶을 때 떠날 수 있는 자유와 돌아오고 싶을 때 돌아올 곳이 있는 삶을 꿈꾼다. 내 멋대로 사는 삶에 자유만을 꿈꾸는 건 아니다. 자세히 들여다보면, 책임과 의무감도 내 멋대로 사는 삶에 속한다. 지금까지 살아왔던 지질한 나를 벗어나, 더 단단하고 유연하고 자신감 넘치는 나로 내가 하고 싶은 것은 두려움 없이 한 번 도전하는 삶. 이 삶을 살아보고 싶다. 화가가 과감하게 하얀 캔버스에 붓 터치를 하듯, 나도 내 삶이라는 하얀 캔버스에 과감하게, 거침없이 붓 터치를 하고 싶다. 내 멋대로 사는 삶이란 어떤 삶일까를 고민하기 보다 일단 한 번 살아보고 일단 한번 경험하고 도전하는 삶을 꿈꿔본다.

언젠가 병원에 가서 상담을 받던 날, 원장님께서 내게 질문했다.
"무딘 칼이 될래요? 날카로운 칼이 될래요?"
"날카로운 칼이 되고 싶어요!!"
"날카로운 칼이 되기 위해서는 어떻게 해야 할까요?"
"글쎄요….."
"뜨거운 용광로 속에서 그 고통을 견딘 후, 수 천 번의 두드림을 견뎌낸 후에야 비로소 예리한 칼이 될 수 있는 거예요. 날카로운 칼이 된 후 과감하게 칼날을 휘두르는 거죠."

인생이 흔들릴 때마다, 인생에서 자주 균형을 잃을 때마다 나는 무너진다. 조금쯤 단단해진 줄 알았는데 나는 여전히 말랑말랑한 마음으로 삶이 내게 주는 이 모든 것들을 견디는 건지, 버티는 건지, 무너지는 건지 모른 채로 버티고 있다. 어디 한 군데 온전히 마음을 두지 못하고 묵묵히 걷고 있다. 이 모든 순간이 내가 되어

가는 과정일까? 무딘 칼에서 날카로운 칼이 되기 위한 이 기다림의 시간을 나는 받아들이기로 작정했다. 언젠가 날카롭고 예리한 칼이 된 그 순간, 나는 나의 쓸모를 멋지게 해낼 생각이다.

순도 백 프로 내 멋대로 살아가기 위해, 오늘도 내가 해야 할 일이 무엇일까? 결국 업무에 집중한다. 그리고 내 할 일을 해낸다. 투덜거리며, 불만을 품는 것이 아니라, 내 일을 멋지게 해내는 것이다. 뜨거운 용광로 안에 멋진 칼이 되기 위해 이 과정을 즐기고 있다고 생각하기. 살아온 날들과 살아갈 날들을 춤을 추듯 살아보기. 그 순간에 집중하고, 그 순간에 감사하면서 한 번 살아보자. 삶의 변두리가 아닌 삶의 정중앙에서 살아보자.

내 멋대로 사는 삶이란 어쩌면 내가 가진 유한한 환경과 조건 안에서 조금씩 내 삶의 영역을 확장시켜 나가는 것 아닐까?라는 생각이 든다. 내 멋대로 사는 삶이란 진짜 나를 만나기 위해 여행을 떠나는 것처럼, 삶이라는 한정된 시간과 환경 안에서 나의 영역을 넓혀가는 것. 내가 하고 싶은 것에 한계를 정하지 않는 것. 나라는 작품을 위해 내 작품에 책임감을 갖고, 자신감을 갖고 거침없이 붓을 휘둘러 보는 것. 그래!! 순도 백 프로 내 멋대로 한 번 살아보자!!

신이 숨겨둔 최고의 순간

●
●
●

퇴근길, 판교역으로 향하는 버스는 도로에서 꼼짝을 못 하고 있다. 4차선 도로 위 꽉 들어찬 차들이 거북이처럼 느리게 움직이고 있다. 판교의 흔한 출퇴근 풍경이라 예상을 했지만, 안다고 통달하는 것은 아니다.

오늘은 최인아 책방에서 하는 정우철 도슨트docent의 북 토크가 있는 날이다. 7시까지 역삼역에 도착해야 하는데 평소보다 늦은 퇴근과 도로 위에서 꼼짝 않는 버스 때문에 늦을 것 같아 최인아 책방에 늦을 것 같다고 먼저 양해를 구했다. 마음만 조급해진다. 그런다고 꽉 막힌 도로 위, 애꿏은 핸드폰의 시간만 들여다본다. 그래, 초조해하지 말자.

문득, 영화 〈라라랜드〉의 첫 장면이 생각났다. 꽉 막힌 LA의 도로 위, 각양각색의 차들이 꼼짝 않고 줄 서 있는 아침. 움직이지 않는 차에서 짜증 난 듯한 사람들의 표정. 그러다 갑자기 경쾌한 음악이 흐르면서 차 문을 열고 나와 노래를 하고 춤을 추는 사람들. 지금은 힘들더라도 태양은 다시 떠오른다는 희망적인 가사와 경쾌한 음악과 원색의 옷들을 입을 사람들이 움직이지 않는 도로 위에서 음악에 맞춰 춤을 춘다.

영화와 현실은 다르지만, 문득 이렇게 꽉 막힌 도로 위에서 무표정한 우리들이 함께 나가 신나는 음악에 맞춰 춤을 춘다면 어떨까 하는 상상을 해본다. 그런 상상을 하다 보니 내 옆에 이어폰을 꽂은 채 모바일 게임에 집중하고 있는 무표정한 남자의 모습도 그 안에 어떤 열정과 흥이 감춰져 있을까 상상하게 된다. 덕분에 느릿느릿 움직이는 버스 안에서 즐거운 상상을 했다.

그러다 꽉 막힌 도로 위에서 꼼짝 못 하는 지금 이 상황이 우리의 인생을 닮았다는 생각이 들었다. 버스의 목적지인 판교역에 언젠가 도착하겠지만, 예상치 못한 난관들이 가로막고 있는 것처럼. 인생 역시 꿈을 향해 나아갈 때 뻥 뚫린 고속 도로 위 멋지고 비싼 차처럼 목적지를 향해 거침없이 속력을 낼 수 있는 순간도 있지만, 인생은 늘 어디에나 난관이 숨어 있기 마련이다. 이런저런 생각을 하고 있는데 드디어 판교역에 도착했다. 발걸음을 재촉해 신분당선으로 갈아탄 후 강남역으로, 다시 2호선을 타고 역삼역으로 향했다. 도착하니 이미 북 토크는 시작됐고, 시간은 7시 30분이었다.

독자들과 질의응답을 통해 진행되는 북 토크. 도슨트가 되기 위해 어떤 과정을 거쳤는지 이야기해 주는 정우철 도슨트. 그는 대학을 졸업하자마자 모 교육기업에서 온라인 수업 영상을 만드는 일을 하다가 어느 날 문득, 회의감을 느꼈다고 했다. 그 후, 정말 하고 싶은 일이 뭘까를 생각하게 됐고, 오랜 마음의 방황 끝에 전시회 스태프로 일하면서 도슨트가 하는 일을 지켜봤는데 "그래, 이거다!"라고 자신만의 유레카를 발견했다.

비전공자인 그가 도슨트가 되는 과정은 쉽지 않았지만, 열심히 전시회 스태프로 일하면서 기회를 엿보고 있었고, 도슨트가 당일 면접을 취소하고 안 나오는 바람에 정우철 님을 눈여겨보던 대표가 그에게 "자네, 도슨트 일을 한 번 해보겠나?"라고 제안을 했다. 아무런 준비도 되어 있지 않았지만, 이번이 아니면 기회가 없다는 생각으로 그는 자신에게 온 기회를 덥석 잡았다고 했다. 정해진 운명처럼 도슨트의 길에 들어선 것처럼 보이지만, 그는 도슨트로 사람들 앞에 서기 위해 많은 노력을 했고, 그 노력과 시간들이 쌓여서 현재의 정우철 도슨트를 빛나게 해주고 있다는 생각이 들었다. 그는 자신이 가장 좋아한다는 말을 우리에게 들려줬다.

"제가 참 좋아하는 말이 있는데요. 바로 신이 인간을 만들 때 최고의 순간을 어디에 숨겨두는지 아세요? 바로 두려움 뒤에 최고의 순간을 숨겨놓는다고 하더라고요. 누구나 느낄 수 있는 것이 아니기에 두려움 뒤에 인생의 최고의 순간들을 숨겨 놓는다는 말 꼭 기억하셨으면 좋겠어요."

그의 말을 듣고 보니, 신이 내게도 최고의 순간을 참 많이도 숨겨 놨었는데 내가 두려워서 도망쳤던 순간이 참 많았구나는 생각이 들었다. 만약 그때, 그 순간 두려움을 피하지 않았더라면 나는 어떤 순간을 만날 수 있었을까? 짧은 생각이 스쳐 지나간다. 그리고 나도 용기를 내 그에게 질문을 했다. 도슨트 일을 할 때 가장 중요하게 생각하는 가치나 목표로 삼는 게 있는지. 그리고 그는 대답했다. 자신의 일을 통해 사람들이 감성적으로 뭔가를 각자 얻어 갔으면 좋겠다고. 그게 위로가 될 수도 있고, 희망이 될 수도 있고, 꿈이 될 수도 있고, 감사가 될 수 있기를 바란다는 그의 마음이 그대로 전해지는 대답이었다. 그리고 재미있는 전시를 지향하기 때문에 사람들이 누구나 쉽고 재미있게 그림을 즐기고, 느낄 수 있게 만드는 것이 그의 가치이자 목표라는 말에 나를 향해 잠시 생각을 멈춘다.

자신의 일에서 목표와 가치가 분명한 사람은 언제나 빛이 난다. 지금을 최대한 열심히 살고 있는 그가, 언젠가는 자신만의 작은 미술관을 여는 게 꿈이라는 그의 꿈이 참 멋지다는 생각이 들었다. 한 분야에서 인정받기가 쉽지 않은 요즘, 미술 비전공자임에도 불구하고 자신만의 커리어를 쌓아가고 있는 그를 보며 나도 언젠가는 꼭 오늘의 그처럼 내 생각과 삶과 가치가 묻어 있는 내 이름으로 된 책을 출간하고 싶다는 생각이 들었다. 그날이 온다면 나는 어떤 질문에 무엇을 대답할 수 있을까? 잠깐 행복한 상상을 해본다. 먼저 꾸준히 글을 쓰고 나의 삶의 이야기들을 차곡차곡 쌓아나가보자는 다짐을 한다.
그의 책의 프롤로그를 읽는데 한 문장이 마음에 와닿는다.

"온 세상이 거장이라 부르는 화가들도 우리와 같은 사람입니다. 그래서 그들의 삶은 우리와 닮아 있습니다. 위대한 예술가라고, 천재라고, 거장이라고 추앙받는 화가들의 인생을 공부하면서 제 나름대로 찾은 그들의 공통점은 '그럼에도 불구하고'입니다. 그들은 삶에 버거운 고통이 찾아와도, 그럼에도 불구하고 나아갔습니다. 그 덕분에 거장의 반열에 오를 수 있었죠. 그들에게 어떤 아픔이 있었고 어떻게 이겨냈는지 공부할수록, 때로는 공감이 됐고 때로는 위로를 받았습니다. 그러는 동안 어느새 화가들의 그림이 제 마음속에 쑥 들어와 있었습니다."

그럼에도 불구하고라는 말을 나도 참 좋아한다. 신은 두려움 뒤에 최고의 순간을 숨겨 놓는다는 그의 말과 아무리 어려운 순간에도 불구하고 계속해서 그림을 그려 나갔던 거장이 된 화가들을 떠올려 본다.

짧은 인생의 수많은 순간들이 스치듯 지나간다. 인생이 불운으로 가득하다고 원망했던 순간들이 있었다. 하지만 되돌아보니 그 순간들이 내게 어떤 깨달음을 주기도 했고, 나를 더 넓게 만들어 주기도 했다. 꿈을 잃지 않은 덕분에 나는 글을 쓰고 있다. 거장의 삶 역시 우리의 삶과 다르지 않았고, 그들의 고통 역시 우리들의 고통과 다르지 않았다. 그럼에도 불구하고 그들은 그림을 그렸다. 그럼에도 불구하고 그들은 멈추지 않았다.

나는 인생이 내게 준 쓴 열매들을 생각한다. 쓰지만 달콤한 열매들을. 매일 글을 쓰다 보면 언젠가 나도 마음을 위로하고 희망을 주고 꿈이 될 수 있는 그런 글을 쓸 수 있지 않을까를 생각해 본다. 그리고 나의 글을 통해 세상과 소통하는 그런 순간을 꿈꿔

본다. 나는 그 순간 어떤 한 마디를 할 수 있을까? 나는 그 한마디가 아침 이슬을 머금은 풀잎에서 뚝 떨어지는 가장 맑고 투명한 이슬 한 방울 같은 말이기를 바라본다. 깊고 어두운 밤을 견뎌 새벽에 비로소 이슬을 맺힌 그런 견딤의 말이기를 바란다.

나는 에세이스트가 되고 싶다

●

○

●

"혜영아, 글 한 번 써보는 건 어때?"

"내가? 에이, 내가 어떻게 글을 써. 글은 성공한 사람들, 위대한 작가들, 한 분야의 전문가들이 쓰는 거잖아."

"나는 너의 감성이라면 충분히 글을 쓸 수 있다고 생각해."

언젠가 친구가 내게 해 준 말이다. 글을 한 번 써보라고. 내가 하는 말과 감정이 잘 전달된다고 하면서 거기에 책까지 좋아하니 분명 글을 잘 쓸 거라고 했다. 서른 살 초반의 나는 글을 쓴다는 건 왠지 어려운 작업처럼 느껴졌고, 나처럼 평범하고 아무것도 이룬 것이 없는 사람이 글을 쓸 수 있을까라는 생각에 시도조차 하지 않았다. 책은 톨스토이, 헤르만 헤세, 헤밍웨이처럼 대문호

나 스티브 잡스, 오프라 윈프리처럼 성공한 사람들이 쓰는 거라고 생각했다. 글 쓰는 삶은 상상조차 하지 못했다. 아니 자신이 없었다. 글은 내게 읽히는 것이었지 쓰는 것은 아니었다. 매일 일기를 쓰면서도, 생각을 쓴 노트가 수십 권 쌓여 있으면서도 내게 그건 글이 아니라 그저 나만의 비밀이라고만 생각했다.

생각과 감정은 어떻게 글이 될까? 노트에 끄적끄적 적어 둔 낙서들은 어떻게 책이 될 수 있을까? 글을 쓸 자격이 안 된다고 겁을 냈던 나는 어떻게 이 새벽 글을 쓰고 있는 걸까?

청춘의 암흑기던 시절. 잠 못 들던 어느 새벽, 백지연의 〈피플인사이드〉에 나오는 유명한 사람들의 인터뷰를 즐겨 봤다. 그들의 삶에도 분명 위기가 있었고, 그 위기를 극복해 나가면서 더 단단한 사람이 되었다는 것을 느꼈다. 그때 나는 꿈을 꾸기 시작했다. 꿈을 잃어버렸다고 생각했는데, 다른 꿈이 내 삶에 자리 잡기 시작했다. 나처럼 방황하고 좌절하고 불안해하는 청춘들에게 희망과 용기를 줄 수 있는 강연을 하고 싶다는 꿈이 생기기 시작했다. 강연과 글은 떼려야 뗄 수 없는 관계였다. 내가 주제로 삼는 것들이 힐링, 위로, 희망, 꿈이다 보니 강의 콘텐츠를 작성하는 것 이전에 나라는 사람을 돌아볼 시간이 필요했고, 그로 인해 글을 쓰는 삶을 살아가게 해주고 있다.

삶은 참 아이러니하다. 언젠가는 많은 사람들에게 희망과 용기와 위로가 되는 책을 내고 싶다는 꿈이 있었다는 것을 글을 쓰면서 알게 됐다. 내 꿈을 내가 잊고 있었을 뿐, 꿈은 이미 내 안에 자리 잡고 있었다. 우리 안에 나도 모르게 자연스럽게 자리 잡은 꿈들이 뭐가 있을까? 지금은 현실이라는 한계에 갇혀 내가 불가능하다고 여길 수 있지만, 그럼에도 불구하고 늘, 내 안에 꼭꼭 숨겨져 있는 나의 꿈, 하고 싶은 일, 간절한 바람이 무엇인지 한번 생각해 보자.

글을 쓰면서도 길을 잃을 때가 많다. 내가 쓰는 글에 자신이 없을 때가 많다. 잘하고 싶은 마음 때문에, 잘해야 한다는 압박감 때문이다. 그런데 처음부터 완벽할 수는 없다. 그러나 시도는 할 수 있다. 그리고 그럼에도 불구하고 내가 포기하지 않는 한 지속할 수 있다. 글쓰기의 천재가 아닌 나는 매일 쓰는 것으로써 나의 실력이나 언젠가는 좋은 글을 쓸 수 있을 거라는 꿈을 이룰 수 있을 것이다. 준비가 되었을 때, 완벽한 실력을 갖췄을 때 좋은 글이 짠~하고 써지는 것이 아니라, 매일 쓰는 행위를 통해 좋은 글을 쓸 수 있는 그 실력이 시간 안에 쌓이는 것이다.

때때로 나의 글은 방향을 잃고 헤매지만 내가 쓰고자 하는 글의 방향은 명확하다. 나를 돌아보고, 현재에 집중하며, 미래로 나아가는 글쓰기를 하고 싶다. 무기력했던 내 청춘에 대한 이야기와, 그 순간에 머물지 않기 위해 노력했던 나의 시간을 써 내려가고 싶다. 나를 믿지 못했던 지난날의 시간을 돌아서 이제 있는 그대로 나를 존중하고 사랑하는 나의 이야기를 쓰고 싶다.

정여울 작가의 〈끝까지 쓰는 용기〉에 이런 문장이 나온다.

"에세이의 매력은 진솔한 나 자신과의 만남에서 시작되기 때문이지요. 에세이를 읽는 독자들이 가장 원하는 건'솔직한 작가의 이야기'에서 시작되는 진솔한 고백의 힘입니다. 마음이 따뜻해지는 에세이, 누군가에게 감동을 주는 에세이의 특징은 바로 그 사람을 만나지 못했는데도 마치 오랫동안 알고 지낸 사람처럼 느껴지는 것이죠. 에세이의 감동은 '내가 온갖 가면을 벗고 온전히 나 자신이 되는 순간'에서 시작됩니다."

맞다. 글을 쓴다는 건 나 자신을 솔직하게 마주 보는 것이다. 내 마음을 들여다보는 것이다. 나를 직시하는 것이다. 난 그 누구도 아닌, 내 마음을 먼저 어루만져 주고 싶었다. 아팠지, 힘들었지, 외로웠지…. 어쩌면 힘내자, 할 수 있어, 해야만 해라는 말보다 스스로에게 먼저 건넸어야 할 말들은 그런 말들이었는지도 모른다. 내가 나의 편이 되어주는 말. 내가 건네는 위로. 남에게는 참 잘도 나오는 말들이 나에게는 정작 나오지 않는 말들, 그런 글을 쓰고 싶다. 삶에 온기와 용기가 생기는 글. 그 온기를 통해 삶의 문을 한 번 열어보고 싶은 의지가 생기는 글. 그 문밖으로 힘차게 온 무게를 실어 그 선을 향해 한 걸음 힘차게 내디딜 수 있는 용기가 생기는 글. 그러함에도 불구하고 나로 살아가는 것에 희망이 생기는 글이 쓰고 싶다.

나는 이제 에세이스트를 꿈꾼다. 내 안의 삶의 이야기들을 들여다본다. 나의 삶 속에 과연 글로 쓸 수 있는 것이 있기나 한 걸까를 고민하기 전에 그저 내 삶을 잘 들여다보고, 멈추고 감상하고 느껴보려고 한다. 삶의 모든 순간이 이야기가 될 수 있다는 것을 나는 믿는다.

내 책의 첫 독자인 나에게 이런 말을 꼭 해주고 싶다. 그 누구도 아닌 나 자신으로 살아가자. 누군가에게 희망을 주기 위해 글을 쓰고 싶다는 이유 이전에, 그저 나를 구하고 싶었을 뿐이었다는 것을 인정하자. 글을 쓰면서, 나를 마주하면서, 에세이스트를 꿈꾸면서, 내 삶에 조금씩 용기가 생긴다. 이 작업을 평생 하고 싶다. 나의 삶 속에 이제 글이 스며들었다.

있는 그대로의 나를 마주한다. 나의 수많은 가면을 점점 벗는다. 먼저 나의 과거를 용서하는 것부터 시작하려고 한다. 나를 용서

하고 나를 위로한다. 그 시간을 통해, 그 순간들을 통해 지금의 내가 되었음을 이제야 깨닫는다. 내 책의 첫 독자인 바로 나 자신에게 있는 그대로의 나를 선물하고 싶다. 그 누구도 아닌 나 자신을. 온갖 가면을 벗고 온전히 나 자신이 되는 순간을 꿈꾼다.

쉬운 길, 어려운 길, 바른 길

●
●
●

살면서 다시 보고 싶은 영화의 한 장면이 있다. 좋은 영화는 그렇다. 오늘은 〈여인의 향기〉의 알파치노의 연기가 보고 싶었다. 삶의 희망을 잃어버린 알파치노와 모든 것이 가능성으로 빛나는 순간 위기를 맞기 시작한 명문고 장학생 찰리의 이야기다.

그들이 만나는 순간은 각자 삶의 어려움을 가지고 있는 시기였다. 알파치노의 계획하에 뉴욕으로 가 최고급 호텔에 머물고 리무진을 타고 뉴욕을 여행하고, 최고급 식당에서 최고의 요리를 먹고, 아름다운 여인과 탱고를 추고, 페라리를 타고 뉴욕을 질주한다. 가족에게 환영받지 못하는 알파치노의 외로움과 삶의 절망을 보게 되는 보게 된 찰리. 알파치노의 계획은 자신이 가장

빛나던 시절 누리던 모든 것을 다시 누려본 채 삶을 끝내는 것이
었다. 그러나 인생은 계획대로 되지 않는다. 사실 누구보다 그는
삶을 지속하고 싶었고, 그럼에도 불구하고 살아가고 싶었다. 찰
리의 순수한 영혼과 용기가 그를 다시 살아갈 수 있게 용기를 준
것일까? 보호자 없이 학교에서 퇴학당할 위기에 처한 찰리를 위
해 대변하는 그의 연설은 다시 봐도 멋지고 통쾌하고 울림을 준
다. 그의 대사는 나에게 다시금 삶을 살아가는 데 있어서 중요한
것이 무엇인지 깨닫게 해준다.

"아직 안 끝났어요. 난 여기 왔을 때 지도자의 요람이라는 말을
들었죠. 그러나 그 줄이 끊어지면 요람은 떨어져요. 이곳에선 추
락했죠. 사람을 만들고 지도자를 만드는 분들, 자신들이 어떤 지
도자를 만드는지 생각해 보세요. 난 모르겠어요. 오늘 찰리의 침
묵이 옳은지 그른지요. 난 판사가 아니니까요. 그는 자기 장래를
위해서 누구도 팔지 않았어요. 그리고 여러분. 그건 순결함이죠.
그리고 용기죠. 그것이 지도자들이 갖추어야 할 것이고요. 난 지
금도 인생의 갈림길에 서 있어요. 난 언제나 바른길을 알았어요.
잘 알았지만 난 그 길을 뿌리쳤어요. 왜냐고요? 그 길은 너무 어
려워서죠. 여기 있는 찰리도 지금 갈림길에 있어요. 그가 지금
선택한 길은 바른길입니다. 신념으로 만들어진 길, 바른 인격으
로 이끄는 길이죠. 그가 계속 걸어가게 하세요. 여러분 손에 그

의 장래가 달렸습니다. 위원님들. 가치 있는 장래 가요. 날 믿고 파괴하지 마세요. 보호하고 포용하세요. 언젠가는 그걸 자랑으로 여기실 겁니다."

삶의 갈림길에 서 있던 적이 여러 번 있었다. 나 역시 알파치노처럼 선택이라는 것을 해야 했고, 어쩌면 어렵지만 옳은 길이 어떤 선택이라는 것을 늘 알고 있었지만, 그 옳은 길은 지름길도 아니고 어려운 길이었다. 난 바른길 대신 쉬운 길을 선택했던 순간들이 여러 번 있었다. 괴로웠지만 쉬운 길을 선택했다. 그리고 그 쉬운 길을 선택한 것을 여러 번 후회했다. 어렵더라도 바른길을 선택했어야 했다.

바른길은 신념으로, 바른 인격으로 이끄는 길이며, 그것은 용기이자 순결함이다. 용기도 신념도 없던 어린 시절의 내가 아니라면 나는 다시 쉬운 길을 선택할 것인가? 아니면 정말 용기를 내서 어려운 길을 걸어갈 것인가? 나는 나에게 묻지만 일 초의 망설임도 없이 "어렵지만 바른길을 선택해야죠"라는 대답이 나오지 않는다. 바른길을 선택하고 싶으나 그 길이 어려울 것이라는 것을 아는 지금 주저함이 생긴다. 어렵다는 것의 그 어려움을 간접적으로나마 경험해 봤기에.

한 번 더 깊이 생각해 본다. 그렇다면 바르지 않고 쉬운 길이 정말 쉬운 길일까? 그동안 내가 했던 선택들을 되돌아본다. 쉬운 선택들은 내 인생에 더 큰 난관과 절망을 안겨줬다. 그때의 선택들이 나를 더 절망하게 했고, 앞을 보지 못하게 했다. 쉬운 선택은 결코 쉬운 길이 아니다. 어렵더라도 바른길을 선택할 줄 아는 신념과 용기가 필요하다.

그럼 신념과 용기는 어떻게 생기는 것일까? 대단한 인생의 경험을 해야 생기는 결과일까? 꼭 인생의 갈림길에 서 있어야 발현되는 것일까? 신념과 용기는 나의 삶 속에서 발현된다. 매일매일의 일상 속에 나의 신념이, 나의 용기가 스며들 수 있다. 오늘 하루도 새벽에 일어나 졸린 눈을 비비며 글을 써야 한다는 나에 대한 약속이 신념이며, 잠을 더 자고 싶은 유혹을 뿌리치고, 퇴근 후에 글을 써도 된다는 더 쉬운 길을 뿌리치고 알람에 맞춰 눈을 뜨는 것도 용기이다. 일하러 가기 싫다는 유혹을 뿌리치고 출근 준비를 하고 나의 주어진 삶 속에서 최선을 다하는 것이 나의 신념이고 용기이다. 매일매일 붐비는 지하철을 몇 번을 갈아타고 오늘도 긍정적인 마음으로 하루를 보내자고 다짐하는 것도 나의 신념이다. 절대로 꿈을 포기하지 말고 앞으로 계속 나아가자고 스스로에게 다짐하는 것이 용기이다.

용기라는 말은 내게 참 어려운 말이었는데, 참 멀게 느껴졌는데, 어쩌면 다시 살아보기로 결심한 그 순간이 내게는 용기를 낸 순간이었음을 느껴본다. 그러니 내게도 나만의 신념이 있고 용기가 있음을 믿어보기로 했다. 살면서 삶 속에서 직접 부딪히고 경험하는 살아있는 공부를 끊임없이 해 나가야겠다. 삶을 살아있는 동안만이 오직 기회임을 기억해야겠다. 오늘 이 순간이 모든 것의 시작이자 기회임을 기억해야겠다. 나의 신념과 나의 용기를 생각하는 새벽. 창밖에 다시 비가 내린다. 내 삶의 가치와 신념을 다시 생각하는 새벽이다. 미루고 미뤄둔 이야기를 다시 꺼내야겠다.

이토록 가벼운, 이토록 무거운

●

●

●

금요일 퇴근 후 3주 만에 들른 병원의 향기로운 향초 냄새가 마스크를 뚫고 코끝까지 전해진다. 향기 때문인지 잔잔히 흐르는 음악 때문인지 마음이 편안해진다. 내 차례가 되자 2번 방 안내를 받고 문을 똑똑 노크한다. 어떻게 지냈는지 묻는 선생님의 안부 인사에 열심히, 바쁘게 잘 지냈다고 대답하는 나는 솔직하게 마음 안의 이야기를 꺼냈다.

"요즘 너무 바빠요. 화장실 갈 여유가 없을 만큼 바빴는데, 그래도 견딜만해요. 퇴근길, 지하철에서 생각했어요. 선생님께 오늘 무슨 얘기를 하고 싶은 건지…. 그리고 생각했어요. 어떤 목표나 상황을 즐기면서, 조금은 무게를 덜고 가볍게 살려면 어떻게 해야 하는지…. 너무 무겁게만 생각하고 사는 것 같아서. 행복은 참 가볍게 느껴지는데 감당해야 할 삶의 무게가 가끔 버거워요. 자신 없을 때도 많고."

"그게 정확히 무슨 말이죠?"

"즐기면서 가벼운 마음으로 일과 꿈을 이뤄나가는 도전들도 해 나가고 싶은데 어느 순간 책임감과 해야 한다는 압박감에 더 무 게가 실리더라고요."

"음, 책임감이 무겁게 느껴지는 건가요? 목적이 있는 책임감이 라면 견딜 줄도 알아야 합니다. 인생이라는 게 즐기면서만 살 수 없어요. 책임감과 압박감이 무겁지만 어떤 일을 지속하다 보면 그 속에서 성취감도 느끼고 그 성취감을 통해 표현하기 힘든 기 쁨도 느끼기도 하고 그러다 다시 또 힘들기도 하고. 내가 하는 모든 것을 즐기면서 하는 건 쉽지가 않아요. 그건 그냥 노는 거 지. 놀고 싶은 거라면 그냥 대충 하면 돼요. 대충 하면 대충 살게 될 수밖에 없어요."

목적이 있는 책임감과 압박감이라…. 맞다. 대충 하면 대충 살게 된다. 난 그 대충을 경험했지 않나…. 목적이 있는 책임감이라면 견뎌야 한다. 그 책임감의 무게를 견뎌낼 줄 알아야 한다.

일에서도 꿈을 이뤄가는 과정 중에서도 나는 제법 이 목적이 있는 책임감과 압박감을 견뎌내고 있다. 열심히 하다 보면 어느 순간 나도 모르게 실력이 늘고 성장하는 그 지점이 있다. 나는 그 지점까지 나를 믿고 꾸준히 해 나가는 것, 그것에 집중해야 한다. 할 수 있을까? 될 수 있을까? 내 인생이 나아질까? 회사도 이제 곧 1년 근무가 되어가는데 재계약을 할 수 있을까? 꿈을 이룰 때까지 근무해야 하는데…. 나는 또 미리 일어나지 않은 일들을 걱정하느라 삶의 무게를 무겁게 하고 있었다. 걱정도 습관이다.

내가 지금의 순간을 즐기지 못하고 있는 이유를 조금은 알 것 같았다. 일어나지도 않은 일들을 미리 걱정하면서 현재에 집중하는 것을 놓치고 있었다. 일어나지 않은 일들에 대한 걱정은 잠깐 미뤄도 좋다. 나는 지금 잘하고 있다. 일도 열심히 하고 있고, 꿈을 위한 노력들을 해나가고 있고, 무엇보다 매일매일 나를 발견하기 위한 글쓰기. 그 멋진 일을 해내고 있다. 그동안 미래에 대한 걱정 따위로 행복의 순간은 바람결에 날아가듯 가벼웠고, 삶의 불행은 움직이지 않는 바위처럼 무겁게 느껴졌다. 생각해 보니 타인의 기준에 나를 맞추느라, 타인의 행복에 나를 맞추느라 나의 순간들을 제대로 느끼지 못했다.

마음이 가벼워진다. 책임감도 압박감도 견뎌지는 것 같다. 오히려 이 압박감과 책임감이 감사하게 느껴진다. 행복은 생각만큼 가볍지 않고 불행은 생각만큼 무겁지 않다. 끝까지 "Keep going 해 봅시다. 자신을 믿어요!"라는 선생님의 응원과 조언에 나를 계속해서 다시 한번 믿어줘야겠다는 생각이 들었다. 어느 순간 분명히 한계를 뛰어넘는 순간이 올 거라는 것을 믿어야 한다. 그 때까지 나는 지금의 책임감과 압박감을 견디는 거다. 그리고 매일매일을 해보는 거다!

5장

지금부터 찬란할, 나의 리즈시절

I can show you the world

어느 해 여름, 나는 잘 다니던 직장을 그만뒀다. 이유는 3년 이상을 다녔는데 월급도 오르지 않고, 연차가 없고, 그 외 등등의 조건들이 비교되기 시작했다. 처음 백수 생활을 청산하게 해줬을 때는 드디어 나도 제대로 된 직업을 갖게 됐구나 감사했으면서 2년 반 정도 지나니, 슬슬 이렇게 계속 다니는 게 맞는 건지 의문이 생기기 시작했다. 성장 없이 쳇바퀴를 돌고 있는 느낌. 들어보니, 월급도 오르는 게 정상이고, 주말 외에 연차라는 게 있어야 정상인데, 3년 동안 평일에 한 번을 쉬지도 않았다. 다행인 건지, 바보 같은 건지 감기 한번 걸리지 않고, 한 번도 아픈 적도 없었고, 지각도 한번 한 적이 없었다. 모범 직장인, 늘 근무 시간보다 일찍 출근해 수업 준비를 했고, 성실하게 나의 업무를 수행했다.

아이들을 가르치는 것도 좋았고, 평일에 쉴 수 없다는 것을 제외하면, 나쁘지 않았다. 그때는 일을 할 수 있게 해준 것만으로도 감사했으니까. 정기적으로 월급을 받기 시작하니, 어느 순간 정말 내가 원하는 것이 무엇이었나를 생각하게 된다. 학생들에게는 늘 너희들 하고 싶은 것을 해야 한다고 말하는 나. 그리고 늘 끝에는 그래서 공부도 열심히 할 줄 알아야 한다는 뻔한 말을 하는 나. 어느 날, 한 학생이 그런 내게 말한다.

"선생님은 공부 잘하셨어요?"

그 질문 한마디에 작은 교실이 시끌벅적해진다.

"야~ 선생님 공부 잘했으니까 영어 가르치고 있지"라는 말부터 선생님 호주도 갔다 왔잖아, 에이, 공부 잘했으면 의사나 변호사 되셨겠지 등등. 수다는 그만이라고 크게 호통을 쳐도 아이들은 저마다의 상상을 입 밖으로 꺼낸다. 선생님의 꿈은 선생님이었냐는 질문과 자신의 꿈과 부모님의 꿈 사이에서 갈팡질팡하는 아이들을 볼 때마다 잊고 지낸 나의 꿈들이 내 안에서 꿈틀대기 시작했다.

꿈은 머나먼 나라의 이야기가 되어 버렸다. 인생의 썩은 동아줄을 끊어내기 전까지 나는 그저 성실하게 내 인생을 버티는 것이 우선이었다. 그런데 성실하게 버티는 것만이 답일까? 현재 할 수 있는 것에서 벗어나지 않는 것이 답일까? 다른 무언가를 꿈꾸는 건 나에게는 사치인가? 어느 날부터인가 퇴근길, 버스 안에서 생각이 많아지기 시작했다. 반복적인 의문들이 꼬리에 꼬리를 물기 시작했고, 다시 한 걸음 나아가야겠다고 결심했다. 나의 작은 세계를 벗어나자. 몇 개월을 고민한 끝에 다니던 학원을 그만뒀고, 그해 여름 나는 다시 백수가 되었다. 자, 이제 어떻게 하지? 일주일은 아무 생각 하지 말고, 실컷 놀자. 백수가 된 첫 기념으로 내가 한 것은 조조영화를 보러 간 일이었다. 디즈니에서 실사로 알라딘 영화가 개봉되었고, 나는 아침에 일어나 학원 대신 영화관으로 향했다. 다시 백수라니, 잘한 걸까? 내가 잘못 생각한 거라고, 다시 학원에 일하고 싶다고 말해야 하는 건 아닐까? 후회가 밀려오기 시작했다. 영화관의 불이 꺼진다. 영화가 시작된다. 영화관에 들어갈 때의 나와 영화가 끝날 무렵의 나는 달라지기 시작했다.

아름다운 세상, 그대에게 보여주리.

말해봐요, 공주님.

마음을 따른 게 언제인가요?

마음의 문을 열면 마법처럼 펼쳐지는 꿈같은 세상.

동서남북 어디건 마법 양탄자로 날아가요.

새로운 세상, 하늘을 수놓은 별들. 어디를 가든지 자유로워.

정말 꿈만 같아요.　　　　　　　　　　　　— 영화 〈알라딘〉 중에서 알라딘의 OST처럼 마음을 따라 살아본 게 언제인지 너무 오래되었다. 마음의 문을 열고 아름다운 세상을 볼 수 있는 마법의 양탄자를 타고 별들이 수 놓아진 밤하늘을 자유롭게 날아다니고 싶다는 상상을 한다. 내가 가고 싶고, 내가 보고 싶은 곳 어디든 볼 수 있으면 좋겠다는 생각을 한다. 마음만 따라 살기에는 현실은 치열하다. 마음의 문을 열고 세상을 바라보기에는 마음을 다치는 일들이 너무 많다. 그래도 나는 다시 희망을 꿈꿔본다. 내 마음을 따라 살아가고 싶다. 내 마음의 문을 열고 아름다운 세상을 마음껏 보고 싶다.

"힘든 시간을 보내긴 했지만 한순간도 지난 삶이 불행했다고 생각한 적 없다. 배고픈 길을 걸어 본 사람만이 겨울을 대비하는 지혜를 갖게 되고, 외로워 본 사람만이 사람의 소중함을 깨 다르며, 길을 잃어 본 사람만이 명확한 목표의 중요성을 알게 된다. 결국 모든 것은 경험이다."

— 이정훈 〈불리한 청춘은 있어도 불행한 청춘은 없다〉 중에서

솔직히 말하면, 힘든 순간이 고통이고 불행이었다. 나는 왜 이렇게 불행한 거냐고. 하지만 지나고 보니 불행을 느끼는 순간 속에도 행복은 있었다. 희망이 언제나 내가 마음을 열기만 하면, 용기를 내기만 하면 희망과 기회는 늘 내 곁에 있었다. 서울로 올

라온 것이 기회였고, 호주로 간 것이 기회였으며, 다시 서울로 돌아온 것 역시 도전이었다. 인생이라는 길 위에 서 있었으나 주저앉았던 순간이 있었고, 두려움에 떨었던 순간이 있었다. 세상을 향해 마음의 문을 닫아버린 순간이 있었지만, 나는 다시 마음의 문을 열고 세상이라는 길 한가운데에 서 있다.

불면증과 무기력과 우울로 30대의 시간을 낭비한 나는 철저하게 실패했다. 청춘을 낭비한 죄, 나를 함부로 대한 죄. 나는 유죄이다. 나는 인정한다. 나의 죄를 인정한 순간 나의 좌절을 느낀 그 자리에서, 내가 넘어진 그 자리에서 지금 다시 시작을 하고 있다. 그때의 나를 건디고 용서하는 것도 누군가 대신해 줄 수 있는 것이 아니다. 온전히 나의 몫이다. 과거를 끊어내는 것도 나의 몫이다. 마법의 양탄자는 누구나 올라타는 것이 아니다. 당신은 하늘을 날아 아름다운 세상을 볼 준비가 되어 있는가? 마음이 하는 소리를 따라, 마음의 문을 열고 있는 힘껏 삶의 아름다움을 하나도 놓치지 않고 세상을 경험하고 느낄 준비가 되어 있는가? 10년을 버텨 나만의 마법의 양탄자를 찾았다. 마법의 양탄자 위에 올라타기로 결심했다. 어떤 세상을 경험하게 될지 나는 아직 잘 모른다. 하지만 다가올 경험 앞에 있는 그대로의 나를 마주하고 표현하고 싶을 뿐이다. 나는 지금 이 순간을 오롯이 경험하고, 보고, 느끼고 싶다.

외로웠기에 사람이 그립고, 외로웠던 만큼 사람이 무섭기도 하다. 길을 잃어봤기에 길을 다시 걸어갈 용기가 선뜻 나지 않지만, 길 위에 그대로 주저앉아 포기하면 아무것도 해결되지 않는다는 것을 안다. 재스민이 마법 양탄자를 타고 자신을 믿어보겠냐며 내민 알라딘의 손을 망설임 없이 잡고 마법 양탄자에 올라탔던 것처럼. 결국 마법 양탄자에 올라타기로 결심해야 하는 건 바로 나다. 아름다운 세상을 보겠다고 결심해야 한다. 마음을 따르는 삶을 살아보겠노라고 내가 결심해야 한다. 별이 수놓아진 아름다운 밤하늘을 날아, 아름다운 세상을 볼 수 있다고 믿어야 한다. 마법의 양탄자가 그 아름다운 세상으로 나를 이끌어주리라고 믿어야 한다.

꿈꾸었던 어린 날의 꿈이 이루어지지 않았다고 좌절하지 말라. 삶이 힘겹고, 미래는 불투명해서 앞이 보이지 않는다고 포기하지 말라. 내 삶이 정말 지금보다 더 좋아질 수 있을까에 대한 불안함과 걱정으로 밤을 지새우던 날들. 아무리 열심히 해도 희망이 보이지 않던 날들. 한 걸음의 나아감이 절실했던 날들. 그 불안함 속에도 희망은 있고 기회는 있다. 내가 포기하지 않는다면, 분명 그 속에도 희망이 있다.

행복을 미루지 않기

가을의 끝 무렵의 토요일 아침. 동생을 만나 설레는 마음 가득 안고 소곤소곤 이야기를 나누면서 목적지인 익산역을 향했다. 동생과 이렇게 단둘이 기차를 탄 건 처음이었다. 함께 기차 여행을 한다는 것만으로도 설렜는데, 그곳에 도착하면 엄마와 둘째 동생이 있다는 사실이 더 가슴 뛰었다.

오늘은 1박 2일 모녀 여행을 하는 날이다. 엄마는 목포에서, 우리는 서울에서, 둘째 동생은 군산에서 익산으로 모이기로 한 날이다. 엄마의 생일을 기념으로 어떤 선물이 좋을지 생각하다가 오래전부터 해보고 싶었던 우리만의 여행을 해보자고 결심했다. 서로 사는 곳의 중간 지점인 익산에서 보니 더 반갑고 설렜다.

딸들과의 여행이라 예쁘게 꾸미고 온 엄마가 너무 귀여워서 딸들은 엄마를 보자마자 "우리 엄마, 오늘따라 왜 이렇게 예뻐?"라고 한마디씩 하느라 바쁘다. 동생이 예약해 둔 레스토랑에 가서 멋진 경치를 보면서 맛있는 것도 먹고, 사진도 찍으면서 우리는 난생처음 우리끼리의 여행을 즐겼다. 예쁜 카페에서 엄마와 동생들과 커피 마시면서 수다떨기를 너무 해보고 싶었는데 그 소원이 이루어졌다. 엄마의 밝은 표정과 동생들의 미소, 엄마와 동생들의 끊임없는 이야기 소리. 겨울 햇살이 따뜻하게 비쳤다. 햇살은 눈부셨고, 하늘은 맑았다. 이야기는 끝이 없었고, 엄마와 우리는 서로의 웃는 모습을 바라보면서 연신 "참 좋다. 너무 좋다"라는 말을 반복했다.

햇살 한 줌, 사랑하는 사람들과의 즐거운 수다, 커피 한 잔, 맑은 하늘, 마음을 위로해 주는 음악, 그것만 있어도 행복이라는 것을 나는 이제야 깨닫는다. 엄마의 얼굴에서 웃음이 떠나가지 않는다. 꿈같았던 1박 2일이 지나간다. 헤어짐이 아쉬운 우리 모녀들은 다음에 또 이렇게 여행하자고 약속을 한다. 돌아오는 길에 엄마에게서 메시지가 왔다.

"우리 딸들 자취할 때 엄마가 서울에 올라갔다가 내려올 때면 항상 울면서 내려왔는데, 그때는 너희들 보고 내려오면 햇살도 안

드는 좁은 방에서 너희끼리 부대끼면서 있을 생각에 그렇게 마음이 아팠는데, 이번에는 이렇게 웃으면서 헤어질 수 있어서 너무 행복하고 고맙다. 사랑한다, 우리 딸들."

해외여행도 아닌 국내 여행이 뭐가 그렇게 어려운 거라고 우린 이제야 이런 시간을 가진 걸까? 참 멀리 돌고 돌아 이제야 우리는 행복을 함께 쌓아가고 있나 보다. 누군가에게는 쉬운 시간들이 우리 가족에게는 참 쉽지 않았다. 우리의 삶은 참 고단했다. 이번 여행을 글로 쓰고 싶어 엄마와 동생들에게 여행 소감을 물었다. 모두 참 좋았다는 그 말, 그 한마디를 간절하게 했다. 웃으면서 만나 웃으면서 헤어질 수 있었던 여행. 엄마 인생에 처음으로 한 딸들과의 여행에 아직도 그날을 생각하면 행복하다는 엄마의 목소리는 차가운 겨울밤을 따뜻한 온기로 채워준다.

행복을 미루기만 했던 엄마와 나의 삶이 이제 조금씩 봄 눈 녹듯, 서서히 녹고 있다. 차가웠던 마음은 따뜻한 온기로 채워지고 있다. 참 행복하다. 더 이상 행복을 미루고 싶지 않다. 엄마, 아빠와 자주 여행 다니고 싶다. 조카들과 여행 가고 싶고, 동생들과도 자주자주 좋은 곳에 맛있는 것 먹으러 다니고 싶다. 행복이 더 이상 멀리 있지 않다는 것을 나는 조금씩 체감하고 있다. 사랑하는 사람들과의 시간, 꿈같았던 시간. 우리 참 좋았다 그치?

당신의 인생은 참 아름다워

●

●

●

퇴근길, 버스를 타러 지나가는 가로수 길에 나뭇잎들이 햇살과 바람에 흔들리고 있다. 바람결에 부서지는 햇살도 눈부셨고, 바람 따라 춤을 추듯 흔들리는 나뭇잎들이 아름다워 가던 길을 멈췄다. 한참을 멍하니 그 순간을 바라봤다. 자세히 들여다보면 모든 순간이 아름답다. 한참을 그렇게 바람결에 춤을 추고 햇살을 받아 눈부시게 빛나는 순간들을 바라봤다. 내 어린 시절의 한 기억이 떠올랐다.

내가 초등학교 5학년 때, 우리 집은 새로 집을 지어 이사를 하게 됐다. 허름한 낡은 집에서 붉은 벽돌로 세운 양옥집으로 이사를 했다. 내 기억 속 그날, 엄마가 거실에서 동네 사람들에 둘러싸여 음악에 맞춰 춤을 추며 환하게 웃던 장면이 떠올랐다. 단정하던 엄마의 자유로운 모습을 본 적이 없다. 그때가 처음이고 마지막이다. 엄마의 환하게 웃는 얼굴은 지금 내 기억 속에 여전히 선명하다. 엄마는 정말 자신을 내려놓은 듯 자유로워 보였다. 그때의 엄마와 바람결에 춤추는 나뭇잎들은 어딘지 모르게 닮은 느낌을 준다.

엄마에게 새로 집을 지어서 이사했던 날, 동네 사람들을 불러 잔치했던 날이 기억나는지 물었다. 그때 사람들에 둘러싸여 춤추면서 행복하게 웃었던 엄마의 기분이 어땠는지 묻는 질문에 엄마는 조용히 미소 지으며 대답하신다.

"가난한 집에 시집와서, 엄마 아빠 힘으로 노력해서 지은 집이니 정말 행복했었지. 남들 100억 빌딩이 안 부러웠고 온전히 엄마, 아빠가 노력해서 세운 집이니 그때의 행복과 성취감은 그 무엇과도 비교할 수 없는 거였지."

엄마는 가난한 아빠를 만나 사랑을 했고, 외할아버지, 외할머니의 강한 반대에도 아빠와의 사랑을 선택했다. 가난은 감당해야할 부모님의 몫이었다. 엄마는 그 시절의 사랑이 다 그랬다고 했다. 모두가 가난했고 부족했기 때문에 가난이 불행인 줄 몰랐던 시대였다고 했다. 자식 넷을 낳아서 키우면서도 마음 편한 날이 없었지만, 그래도 그 속에서도 행복이 늘 있었다고 말했다. 웃음꽃이 넘쳤고, 있는 그대로 행복했다.

"엄마, 더 부자였으면 좋겠다는 생각 안 해?"
"너희들 지금 행복하게 잘 살아가고 있고, 엄마 아빠 건강한데 뭐가 부러워. 엄마는 지금 만족하고 행복해. 마음만은 부자야."

나는 어떠한 상황에서도 긍정적인 마음의 태도를 잃지 않는 엄마가 존경스럽다. 그럼에도 불구하고 웃어내고야 마는 엄마가 내 엄마여서 참 좋다. 엄마는 남들과 비교하지 않는다. 오롯이 정직하게 자신의 힘으로 일군 것만이 진정한 가치가 있는 것이라고 늘 말한다.

"남들과 비교하지 말고 네가 가진 것을 소중하고 감사하게 생각해."

그 말이 이해되지 않았다. 왜? 왜 그래야 하는 건데? 난 더 갖고 싶고 남들이 가진 게 더 좋아 보이는데 왜 그러면 안 되는 건데? 나는 왜 욕심내면 안 되는데? 엄마의 삶의 조언들이 어린 날의 내게는 이해되지 않았다. 지금도 온전히 이해하는 건 아니다. 나는 여전히 욕망하고 있다. 다만 엄마가 말한 남들과 비교하지 말고 자신이 가진 것을 소중하고 감사해하라는 말은 이제는 조금은 이해할 것 같다.

나는 삶에서 늘 갈증이 나는 것처럼 실체 없는 무언가를 원했었다. 그것이 무엇인지 나는 알지 못했다. 내 인생은 늘 불안했고, 방향을 찾지 못했고, 위태로웠다. 인생의 비바람을 거뜬히 견뎌낸 엄마를 보면서 인생의 비바람의 의미를 생각해 본다. 비바람이 없는 인생이 있을 수 있을까? 어떠한 비바람이 불어와도 그 순간을 감사히 여기겠다고 장담은 못 한다. 신은 정말 우리가 감당할 수 있을 만큼의 고통을 주는 것일까? 그 고통을 나는 있는 그대로 견뎌냈던가?

스스로에게 묻고 다짐해 본다. 어떠한 순간이 오더라도 다시 웃어내자고. 인생의 비바람에도 쉽게 무너지지 말자고. 결국은 웃어내고야 마는 엄마를 닮아서 나는 꼭 인생의 어느 순간에 엄마처럼 그렇게 행복하게 웃으며 춤을 추겠노라고.

"엄마, 인생이 참 아름다운 거더라. 인생은 참 아름답더라!"

삶이 흔들릴 때마다 나는 엄마의 환한 미소를 기억할 것이다.

우리 이젠 사랑할래요?

●
●
●

한 번의 사랑 후 다음 사랑은 나타나지 않았다. 나를 사랑하는 것도 버거운 인생을 살았다. 한동안 내 사랑의 실패의 원인을 곱씹었다. 왜 그는 나를 떠났을까? 우리는 왜 헤어졌을까? 사랑을 분석할 수 있을 거라는 착각에 빠져들기 시작했다. 그렇지 않아도 마음을 여는 것에 소극적인 나는 더 완벽하게 나를 차단하기 시작했다. 사랑에 겁이 나기 시작했고, 차라리 혼자가 편하다는 결론을 내렸다. 그래, 괜찮은 내가 되기 전까지는 연애는 꿈도 꾸지 말자. 혼자여서 나쁠 것도 없잖아.

혼자여서 외롭기도 했지만, 혼자여서 편하기도 했다. 나쁘지 않았다. 일을 시작했고, 내 삶에서 발생하는 지뢰밭을 제거하는 것만으로도 충분히 바빴으니까. 사랑을 생각할 겨를이 없었다. 문제투성이인 내 인생에 누군가를 끌어들이고 싶지 않았으니까. 내 삶의 문제들은 내가 책임지고 해결해야 할 문제들이었으니까. 하지만 가끔 파도가 밀려오듯 외로움이 쏴~아 하고 밀려올 때가 있었다. 가끔은 나도 누군가에게 기대어 위로받고 싶다는 생각이 들었다. 넌 잘 해내고 있어. 내가 네 옆에 있으니까 우리 함께 힘내서 잘 이겨내자. 이 말이 간절히 그리운 날들이 있다. 사실은 잘하지 않아도 괜찮아. 애쓰지 않아도 괜찮아. 내가 있잖아. 그 말이 간절한지도 모른다.

한 번의 사랑이 지나간 후, 다음 사랑을 시작할 용기를 내지 못했던 내 청춘은 더 이상 내 인생에 사랑이 없는 것처럼 시간을 흘려보냈다. 살아내느라 바빴고, 살아가느라 바빴다. 가끔 사랑이라는 것을 다시 시작해 보고 싶다는 생각을 했지만, 자신이 없었다. 이런 나를 누가 사랑하겠어? 애써 생각을 차단했다. 꾹꾹 사랑이 올라올 때마다 마음을 눌렀다. 그러다 글을 쓰면서 알았다. 내 글에 빠진 것이 있다는 것을. 내 글에 채워지지 않는 무언가가 있다는 것을. 분명 빠진 게 있는데 그게 뭔지 나는 알지 못했다. 공허한 마음, 외로움이 밀려들었던 수많은 날들. 내 삶에 빠진 건 바로 사랑이었다.

그런데 사랑 이전에 내가 적극적으로 해야 하는 것은 나를 아는 것이다. 내 인생을 살아가면서 내가 그토록 마음이 허기졌던 이유는 내가 나를 제대로 알지 못했기 때문이다. 이유는 외부가 아닌 바로 나에게 있다. 나의 취향을 탐색한다. 나를 알기 위해 나를 들여다본다. 내가 무엇을 좋아하는지, 언제 어떤 경험을 했을 때 행복한지. 나를 아는 것, 나를 사랑하는 일이 먼저다.

나를 사랑하는 도중에 마법처럼 사랑이 찾아온다면, 더 이상 피하거나 겁내지 않아야지. 기꺼이 그의 손을 잡아야지. 나의 취향을 묻는다면 자신 있고 당당하게, 대답해 줘야지. 아무거나 좋아해요, 아무거나 해도 괜찮아요가 아니라, 자신감 있고 당당하게 나의 취향을 대답하고 그의 취향을 물어봐야지.

당신과 함께 미술관에 가고 싶어요.
당신과 함께 분위기 좋은 곳에서
와인도 마시고 맛있는 것도 함께 먹고 싶어요.
분위기 좋은 음악을 들으면서 해변을 드라이브하고 싶어요.
햇살 드는 창가에서 음악 들으면서 함께 책을 읽고 싶어요.
맑고 눈부신 날 함께 피크닉을 가고 싶어요.
경치 좋은 곳에서 캠핑도 하고 싶어요.
삼청동 거리를 당신과 걷고 싶어요.

비 오는 날 우산을 쓰고 걷고 싶어요.

퇴근길, 당신을 만나 수고했다 꼭 안아 주고 싶어요.

하고 싶은 건 백 만개도 넘어요.

열심히 내 취향을 만들어 가고 있을 테니까

너무 늦지 않게 꼭 만나요.

서로가 서로를 꼭 알아봤으면 좋겠어요.

우리 연애할래요? 나는 당신이 참 좋아요.

나를 기억하는 이에게

●

●

●

버스를 타기 위해 정류장으로 걸어가는 중 전화벨이 울린다. 휴대폰 화면에는 여고시절과 대학시절을 함께 한 친구 J의 이름이 뜬다. 반가운 마음에 통화 버튼을 누른다.

"J? 정말 J 맞아?"

20대까지 자주 연락을 하고 지내던 우리는 30대에는 연락을 하지 않았다. 자신의 삶을 멋지게 꾸려나가고 있는 J와 나의 삶이 너무 비교돼서 나는 그녀에게 예전처럼 마음을 털어놓지 못했다. 나와 다른 삶을 사는 그녀가 부러웠다. 그녀에게 나는 좋은 친구는 못되었다. 사회생활에 지쳐 있을 친구의 고충보다는 내 삶이 너무 초라해 그녀를 피하기 시작했다. 가끔 전화해 잘 지내는지, 어떻게 지내는지 안부를 묻고 싶었던 날들이 있었지만, 저장된 그녀의 번호를 애써 누르려다가 무소식이 희소식이라는 마음으로 잊고 지냈다. 그런 그녀가 내게 먼저 연락을 했다.

내가 글을 쓰고 있다는 것도, 최근에 유튜브로 강연을 한 것도, 소개팅을 한 것도 줄줄이 꿰고 있는 J에게 "어떻게 알았어?"라며 놀라서 물었다. 우연히 내 이름을 검색해 봤는데, 포스팅이 되어 있는 내 강연 내용을 보게 되었다는 그녀. 내 이름을 보고 반가워서 블로그도 찾아보게 됐고, 내가 쓴 글들을 통해 내 근황을 알게 됐다는 J의 말에 눈시울이 붉어진다.

"혜영아, 네가 이렇게 잘 지내고 있어서 참 좋다. 네 글들을 보고 난 그날 밤 잠을 못 이뤘어. 참 많은 생각들이 스쳐 지나가더라."
왜 잠까지 설쳤는지 그녀에게 물었다.
"넌 결국 네 꿈을 이루고 있구나. 참 대단해. 심혜영. 어릴 때 꼭 작가가 될 거라고 말하더니 결국 책을 쓰는 사람이 됐네."
"내가 그랬어?"
"응, 너 그때 동화 쓰고 싶다고 했잖아."

글이 쓰고 싶었던 나는 한동안 꿈을 기억하지 못했고, 이십 년이라는 시간을 돌고 돌아 글을 쓰는 사람이 되었다. 아직 출간 전이라 작가는 아니라며 웃었다. 친구는 글을 쓰고 있으면 작가라고 말해준다. 작가…. 그래, 나는 작가가 되어가고 있다.

"넌 그 긴 시간을 돌고 돌아 꿈을 이뤘는데, 나는 뭐하고 있는 건가 생각이 들었어."

두 아이의 엄마가 되어 행복한 가정을 이루고 있는 그녀의 삶과 나의 삶은 분명 다르다. 둘 중 어떤 삶이 좋은 삶일까를 감히 비교할 수는 없다. 그녀와 나는 각자의 행복을 이뤄가고 있을 뿐이다. 내가 열심히 사는 모습에, 어려운 시기를 잘 이겨낸 것을 보니 대단하다고 생각했다는 그녀의 말에, 그녀에게 쉽게 전화를 하지 못했던 날들이 떠올랐다.

내가 한참 어렵던 시기 나와는 다른 삶을 살고 있는 그녀가 부러웠다. 자꾸만 그녀 앞에서 위축되는 나 자신이 초라하게 느껴졌다. 그녀의 잘 나감을 진심으로 축하하기보다는 점점 위축되었다. 친구이면서 온전히 그녀를 축하해 주지 못했다. 친구의 잘 나감을 축하해 주지 못하는 내가 너무 초라하고 미웠다. 그러다 자연스럽게 그녀에게 연락을 하지 않게 됐다. 가끔 그녀 생각이 났다. 그녀가 아이를 낳았다는 것도, 한국에 돌아왔다는 것도, 짐작하고 있었지만 쉽게 축하한다는 말도, 한 번 얼굴 보자는 말도 하지 못했다. 여전히 내 삶이 고단하다는 이유 하나로, 나는 점점 그녀를 멀리했다.

그녀 역시 나와 같은 마음이었을까? 어딘지 모르게 예전과 다르게 변해버린 나에게 쉽게 연락하기 어려웠다는 것을 나는 이제야 깨닫는다. 서로를 잊고 살아가는 줄 알았다. 서로의 인생에서 일어나는 기쁨과 슬픔을 더 이상 공유하지 못하게 된 사이라고 생각했다. 만남이 있으면 헤어짐이 있다고, 결국 우리 사이도 인연이 다해 자연스럽게 멀어진 거라고 생각했다. 지나간 우정을 되돌리고 싶을 만큼, 더 이상 지나간 것에 미련 두지 않게 된, 나는 그저 그런 어른이 되고 말았다.

내가 떠나온 것들 중에 사무치게 그리운 것들이 있다. 용기가 나지 않아 도망쳐 온 것들이 있다. 긴 시간을 지나 핸드폰에 J의 이름이 떴을 때 나는 여전히 나의 옛사람들이 사무치게 그립다는 것을 알았다. 나의 가장 순수했던 시절을 함께 했던 이들이 참 고맙고 그립다. 우리는 그동안 우리에게 어떤 일들이 일어났는지 모르지만 그냥 좋았다. 꼭 얼굴 보자는 약속을 했다. 마음이 울컥해진다. 나는 나로 살아가느라 너무 바빴다.

나를 기억해 주는 그녀에게 꼭 전하고 싶었던 말이 있다.

"한동안 나는 많은 것을 잊으려고 애쓰면서 살았어. 그리고 많이 외로웠어. 인생이 고단했던 건 나는 아무도 믿지 않고 살았기 때문이고, 그 누구에게도 진짜 마음을 주는 법을 몰랐기 때문이란 걸 나는 시간이 흐른 뒤 알았어. 나를 생각하고 아끼는 사람이 많았다는 것도, 나는 사실 잘 몰랐어. 함께하는 것만으로도 감사하다는 사실을 나는 몰랐어.

넌 내가 꿈을 이룬 게 멋지다고 했지? 외로웠던 날들, 아팠던 수많은 밤들. 세상과 너무 동떨어진 내가 다시 돌아올 수 있을까? 나는 늘 무서웠어. 하지만 어느 순간, 그리워지더라. 그리고 그립다는 것을 알았을 때는 많은 것이 내게서 멀어져 있더라. 왜 이렇게 어리석었을까 후회해 본들 변하는 건 없었어. 그냥 그럼에도 불구하고 묵묵히 살아내는 것이 내가 할 수 있는 전부였어. J야. 내게 전화받아줘서 고맙다고 말했지? 고마워. 전화해 줘서. 꼭 약속대로 책 출간하면 사인 예쁘게 해서 널 만나러 갈게. 그때까지 안녕. 나를 기억해 주는 고마운 사람아."

그 시절을 기억하며

●

●

●

여고 시절 담임 선생님께 온 문자에 공연이 끝나자마자 울컥해진다. 이십 년의 세월이 흘렀다. 옛 제자는 여고 시절 담임 선생님께 십여 년 만에 연락해 안부를 전했다. 꿈을 이뤄가는 중, 선생님이 생각났다. 너무나도 선명한 옛 시절은 늘 제자의 가슴에 숨쉬고 있다. 선생님은 꿈을 이뤄가는 제자를 화면으로 지켜보고, 공연이 끝나자마자 제자를 울컥하게 하는 문자를 보내 주신다.

"훌륭한 강의 잘 들었다. 음악도 멋지고. 갑자기 추가된 내 버킷 리스트 하나~ 너희들과 함께하던 옛날 그 시절로 딱 일주일만 돌아가 보기~"

눈물이 쏟아질 것 같다. 선생님, 저도 그래요. 딱 일주일만 그 시절로 돌아가 선생님이 칠판 앞에서 하얀 분필로 영어 문장을 적어주시면서 설명하던 그 순간, 교복 입은 그 시절, 3학년 1반이던 우리들이 함께 책상에 앉아 창가의 햇살 아래 누군가는 몰래 꾸벅꾸벅 졸고, 누군가는 반짝이는 눈으로 선생님에게 집중하던 그 시절로 돌아갈 수 있다면, 참 좋겠어요.

유튜브 공연을 하기 일주일 전쯤, 고 3 시절, 담임 선생님이 생각났다. 친구가 말했던 선생님이 지금 고등학교의 교장 선생님으로 계신다는 말이 기억났다. 그 말을 들었을 당시에는 내 상황이 좋지 않아 선생님께 연락드릴 생각도 못 했는데, 무슨 용기가 생긴 건지 선생님이 보고 싶다는 생각이 들었다. 한 번 연락드려볼까? 마음먹고 바로 전화를 걸어 교장 선생님과 통화 가능한지 물었다. 교장 선생님은 현재 교육장님으로 가 계시다는 얘기에 바로 인터넷에 교육청을 검색해 교육장님과 통화 가능한지 물었다.
"무슨 일 때문에 교육장님과 통화를 원하시는 건가요?"
"실은 제가 교육장님의 이십 년 전 제자인데 선생님과 통화를 원합니다."
"옛 제자요? 잠시만 기다리세요."

몇 초간의 정적이 몇 십분처럼 느껴진다. 긴장이 되고 떨린다.

선생님은 나를 기억하실까? 당연히 기억 못 하시겠지. 세월이 너무 많이 흘렀다.

"여보세요."

선생님의 목소리다. 이십 년 전 그대로의 목소리. 선생님의 목소리에 왜 눈물이 날 것 같지? 온몸이 떨려 온다.

"선생님, 저 목포 제일여고 때 선생님 반 학생이었던 심혜영이에요."

"누구라고?"

나는 나에 대해 설명하기 위해, 그때 당시의 친했던 친구들이며, 나를 설명하기 위한 단서들을 얘기한다. 선생님은 내 얘기에 그래, 기억난다. 심혜영. 우리 혜영이구나. 너희 아직도 그렇게 친하게 연락하고 지내냐는 말에 친구들의 근황을 얘기한다.

선생님의 목소리가 예전 그대로라 깜짝 놀랐고, 선생님과 통화할 때의 내가 너무 흥분해서 놀랐다. 선생님에게 유튜브로 강연하는 것도, 책을 쓰고 있다는 것도, 열심히 일하면서 서울에서 지내고 있다는 것도, 아직 결혼은 안 했다는 시시콜콜한 이야기들을 말씀드렸다. 선생님은 우리 혜영이가 유명 인사가 된 거냐며 그 강연을 선생님도 볼 수 있는 거냐고 하셨다. 쑥스럽지만 선생님이 내 강연을 봐주신다면 너무 행복할 것 같아 날짜와 시간을 알려 드렸다. 선생님께 꼭 찾아뵙겠다는 인사를 드리고 전화를 끊었다. 선생님 앞에서 얼굴만 빨개진 채 한 마디도 못하던 난 언제 이렇게 용기 있는 수다쟁이가 된 걸까?

선생님과 통화 후, 바로 친구에게 전화해 선생님과 연락했다는 얘기를 했다. 친구가 깜짝 놀란다. 친구는 어디서 그런 용기가 난 거냐며, 이제 네 삶에 자신이 생긴 것 같다고 말한다. 아무나 그렇게 이십 년 만에 옛 선생님에게 연락할 수 있는 건 아니라고 말한다.

친구의 말이 계속 맴돈다. 그렇네? 삼십 대의 나는 내 삶이 너무 힘들고 부끄러워, 옛 추억을 그리워할 여유도 없었다. 신이 나서 선생님에게 꿈을 이루고 있는 모습들을 얘기하는 나는 분명 예전의 나와 다르다. 만약 여전히 내 삶을 살아가는 모습이 자신 없었다면, 선생님께 감히 용기 내서 연락을 할 수 있었을까? 부끄럼쟁이, 소심쟁이 심혜영. 조용했지만 엉뚱했던 나는 이십 년이라는 시간을 거슬러 그 시절, 나의 가장 아름다웠던 시간들이 그리워졌다.

창문 틈틈이 비추던 햇살과 높이 솟아 있던 운동장과, 회색 교복을 입은 여고 시절의 우리들과, 삼선 슬리퍼와 좋아하는 아이돌의 사진을 서로 나눠 갖던 우리들. 한때 HOT의 토니 안의 부인을 꿈꾸던 나. 쉬는 시간 뛰어가던 매점. 기다란 복도에서 친구들과 웃고 떠들던 우리. 야간 자율 학습 시간에 공부는 안 하고 이어폰을 꽂고 듣던 라디오. 책가방은 무거웠지만, 마음만은 새털처럼 가볍고 행복했던 시간. 공부보다 친구들이 더 좋았던 그 시절. 대학을 가야 한다는 압박과 모의고사 점수에 일희일비하면서도 행복했던 시간. 떡꼬치와 컵 떡볶이에 배불렀던 우리의 여고 시절. HOT의 엽서와 테이프, CD를 사느라 용돈이 궁했던 시절. 무엇을 꿈꾸며 살았는지 몰랐던 시절이 있었는데, 그저 토니 안의 부인이 되는 것만을 꿈꿨던 시절도 있었는데, 그때의 철 없고 꿈 많던 우리들은 지금 각자의 삶을 살아가고 있다.

우리의 청춘은 생각보다 초라하지 않았고 생각만큼 특별하지 않았다. 30대가 되면 당당하게 내 이름 석 자로 세상에 자리 잡기를 바랐고, 사랑하는 사람을 만나 예쁜 가정을 꾸리고 행복하게 나이 들어가기를 바랐다. 친구 중 누군가는 꿈을 이뤘고, 누군가는 꿈과는 거리가 먼 삶을 살아가고 있다. 꿈을 이루지 못해 더 이상 아파하지 않고, 이루지 못했음에 슬퍼하지 않는다. 다만, 이제 우리는 지금을, 이 순간을 최선을 다해 행복하게 살아가려 한다.

교복을 입고 꿈을 꾸던 여고생이었고, 청춘에 설레던 여대생이었던 우리들은 어느새 우리가 상상했던 것보다 더 나이를 먹었다. 누군가의 엄마가 되었고, 누군가의 아내로, 누군가의 딸로 살아가고 있다. 하지만 언제나 마음속에 내 이름 석 자로 살아가기를 여전히 꿈꾼다.

내 이름 석 자를 불러본다. 친구들의 이름을 불러본다. 꼭 무엇이 되지 않아도, 꼭 대단한 내가 되지 않더라도, 지금 우리로 살아가는 것도 괜찮다고. 사랑하고 고마운 나의 친구들과 함께 교복을 입고 떡꼬치를 먹으며 노란 개나리꽃이 피었던, 유달산 언덕길을 오를 때도, 벚꽃 핀 대학 교정을 아이스크림 먹으며 함께 걷던 그때도 친구들이 있어서 행복했다. 나는 이 소중한 행복을 이제야 알게 됐다. 당연한 것들이 아닌 특별하고 감사한 추억이라는 것을.

함께여서 행복했고 그 시절이 덕분에 빛날 수 있었다는 그 흔한 말을 오늘 꼭 해야겠다. 딱 일주일만 우리와 함께하던 그 시절로 돌아가고 싶다는 선생님의 버킷리스트에 마음이 설렌다. "우리 혜영이 웃는 모습 그대로더라"라고 말씀해 주시는 선생님의 목소리에 가슴이 행복으로 벅차오른다.

"선생님, 저 참 힘들었는데 잘 버텼어요. 선생님에게 부끄럽지 않은 제자가 되고 싶었는데 참 실수도 많이 했어요. 이렇게 선생님 목소리를, 다시 듣게 되는 날이 오다니 참 행복해요. 만약 그때, 그 시절로 다시 돌아갈 수 있다면 딱 한마디만 해주고 싶어요. 그냥 망설이지 말고 너 하고 싶은 거 도전하면서 살아. 쉬워 보인다고 덥석덥석 선택하지 말고, 주눅 들지 말고 당당하게 살아. 네 인생이 쉬울 거라고 생각하지 마. 어려울 거야, 많이. 그래도 결국 넌 행복할 거야. 네 행복을 믿어. 그러니 어깨 펴고 살아. 당당하게."

안녕, 나의 모든 마음아

●

●

●

"혜영아, 저기 하늘 좀 봐라~ 기러기떼 보이지?"

가을 산책길. 엄마의 말에 하늘을 봤다. 파란 가을 하늘 사이로
V자 대형을 이루면서 기러기떼들이 날아가고 있었다. 오랜만에
보는 신기한 장면이었다. 기러기떼들이 V자 모양으로 날아가고
있었다.
"혜영아, 기러기들은 먼 길을 절대 혼자서 날아가지 않는단다.
앞장서고 있는 기러기가 힘들면 뒤에 있던 기러기가 다시 앞장
서서 서로 함께 먼 길을 날아간단다."

추석 연휴 산책길에 엄마가 해 준 이 말이 너무 좋아서 노트에 써

두었다가 잊고 있었다. 그런데 문득 이 말이 떠올랐다. 기러기들이 먼 길을 나는 법. 대열의 리더가 힘들면 뒤에 있는 기러기가 자리를 바꿔주고, 다시 또 그 기러기가 힘들면 뒤에 따르던 기러기가 자리를 바꿔주는 방식으로 먼 길을 날아간다. 낙오자 없이. 서로 함께 의지하면서 먼 길을 날아간다.

출근길 듣는 아침 강연에서 '보는 이 없을 때 나는 누구인가?'에 대한 주제로 이야기가 시작되었다. 사회적 자아와 개인적 자아의 이야기로 시작한 오늘의 강연. 사회적 자아의 역할을 해야 할 시간인데 자꾸 개인적 자아의 생각들이 꿈틀거릴 때가 많다. 내 안에 너무 많은 내가 존재한다. 나라는 존재도 이 기러기 떼이다. 먼 길을, 길면 길고 짧으면 짧다 말할 수 있는 인생을 내 안의 수많은 나와 함께 가야 한다. 기러기 떼는 절대 혼자 가지 않는다. 함께 앞서거니 뒤서거니 자리를 바꿔가며 함께 목적지까지 날아간다. 낙오자 없이…. 함께….

기러기들이 하늘을 나는 법, 기러기 이동 등을 검색해 봤다. 내용을 검색하니, 〈기러기 리더십〉에 관한 글이 있다. 기러기떼들은 40,000km의 머나먼 길을 날아가는 동안 리더 기러기가 앞장서면 뒤에 날고 있는 기러기들이 쉽게 날아갈 수 있게 해주고 뒤에서 날아가고 있는 기러기들은 앞장서서 날고 있는 리더 기러기가 힘을 낼 수 있도록 기러기 울음소리로 끊임없이 리더 기러기를 응원해 준다고 한다. 리더 기러기가 힘들면 다시 뒤에서 날고 있던 기러기가 자리를 바꿔서 다시 리더 기러기가 되어 뒤따라오는 기러기들을 이끈다고 한다. 그렇게 서로가 리더가 되고 서로를 응원해가면서 낙오자 없이 40,000km를 날아 목적지에 도착한다고 한다.

내 안의 수많은 내가 떠올랐다. 내 인생에도 목적이 있다. 내 안의 감사, 열정, 기쁨, 행복, 분노, 불안, 슬픔, 질투, 연약함, 짜증, 두려움, 무기력함, 우울 등의 다양한 감정을 어떻게 내 인생이라는 목적지까지 도달할 수 있게 잘 이끌어 갈 수 있을까? 꿈을 이루고 싶은 열정과 이룰 수 있을까에 대한 의심과 불안을 극복하고 어떻게 목적지까지 잘 이끌어 갈 수 있을까?

내 안의 열정과 기쁨이 리더가 되는 순간이 있고, 분노와 나약함 그리고 두려움이 리더가 되어 나를 사로잡는 경우도 있다. 그래, 인정하자. 내 안의 수많은 나를 인정하자. 열정 대신 무기력감이 자리 잡을 수 있고, 행복과 기쁨의 자리에 다시 슬픔과 분노와 우울이 자리 잡을 수 있다. 인생이라는 먼 길을 가기 위해 늘 기쁨과 감사와 열정만으로는 먼 길을 갈 수가 없다. 내 안의 수많은 감정과 생각들이 자리를 바꿔가면서 내 존재의 리더가 되고 있다.

왜 네가 리더야?라고 밀어내지 말자. 아! 지금은 너라는 감정이 앞장서고 있구나라고 받아들이자. 내 안의 수많은 감정들이 서로가 자리 잡을 수 있게 응원해 주자. 모든 감정은 소중하고 이유가 있으니까. 다만 해석해 나가자. 지금의 감정을 통해 나는 무엇을 느끼고 배울 수 있는가? 모든 감정의 빛과 어둠을, 나라는 존재의 빛과 어둠을 인정해 주자. 삶이 늘 반짝이기를 바라는 대신 그 어떠한 상황에서도 빛을 선택하겠다고 결심해 본다.

청춘은 빛나고, 삶은 눈부실테니

지금 이 순간을 사랑하고 있다. 지금 이 순간의 나를 사랑하고 있다.

삶은 참 신기하다. 오랜 시간 우울과 무기력으로 청춘을 감당하지 못했던 내가 글을 쓰는 이가 되어 있다. 새벽까지 잠 못 들던 내가 이제 새벽에 일어나 글을 쓰고 있다. 삶을 사랑하지 않던 나는 이제 지금 이 순간을 사랑하고 있다.

더 이상 도망칠 곳이 없었던 내 삶은 살아졌고, 살아가고 있고, 살아갈 것이다. 인생이 꼭 하기 싫은 숙제로 잔뜩 쌓여 있었던 내 삶은 지금 행복의 궤도를 찾아가고 있다. 일 년 전의 내 삶과는 비교가 안 될 정도로 나는 열심히 살아가고 있다. 비결을 묻는다면, 나는 나의 낭만을 포기하지 않았다.

꿈은 내게 낭만이었고, 희망은 내게 오아시스였다. 매일 글 쓰는 삶을 통해 나를 들여다볼 용기가 생겼고, 나를 들여다보니, 내가 간절하게 원하는 건 이 삶을 사랑하고 싶다는 것이었다. 여전히 내 삶은 많은 문제들을 껴안고 있지만 이제, 그 어떠한 상황에서도 나를 지켜낼 만큼의 마음의 힘이 생기고 있다. 언젠가 엄마가 내게 해준 말이 있다.

"혜영아, 나이 들면 뭐가 좋은 줄 아니?"

"뭔데, 엄마?"

"욕심을 내려놓게 되더라. 인생이 뜻대로 되는 것이 아니라는 것을 알게 돼. 마음에 힘을 빼니 여유가 생기고, 행복이 그 빈 공간에 스며들더라. 엄마도 젊을 때는 그 욕심 내려놓기가 참 힘들었는데 말이야. 그래서 엄마는 나이 든 지금이 참 좋아."

"엄마, 그럼 나도 욕심을 다 내려놓고 살아가야 하는 걸까?"

"아니, 최선을 다해 살아야지. 욕심도 부리고, 마음껏 하고 싶은 거 하면서 살아야지. 다만 최선을 다해도 안되는 게 있다는 것을 기억해. 그래도 실망하지 말고 살아. 그럼 되는 거야."

최선을 다한 후에 원하는 대로 되지 않았을 때도, 실망하지 않고 한 걸음 내딛는 것. 그것이 청춘의 선물이자 책임일 것이다. 잘해야겠다는 생각, 인정받고 싶다는 생각, 내가 원하는 내가 되고 싶다는 생각이 가득하다. 열심히 살지 않았기 때문에 힘들었던 거라고 생각한 날들이 많았다. 조금 더 열심히 살았으면 어땠을까에 대한 아쉬움에, 지나간 시간을 보상하듯 지금부터는 열심히 살 거야 하는 마음에 어쩌면 더 열심히 살고 있는지도 모른다. 나의 열심이 안심이 된다.

분명한 건, 이 열심의 순간들이 나쁘지 않다는 거다. 일주일을 바쁘게 살아가는 것도, 하루를 꽉 채워서 사는 것도. 그러다 문득, 지친 몸을 이끌고 터벅터벅 지하철에 몸을 기댈 때, 글 한 줄 써지지 않을 때 생각하게 된다. 잘하고 있는 건 맞는데, 열심히 살고 있는 건 맞는데 이게 최선일까? 하루에 해야 할 일들을 다 하기 위해 너무 애쓰고 있는 내가 보일 때 내게 다시 묻는다. 이게 최선일까?

출근 후 읽었던 문장이 생각난다. 강약을 조절해야 한다. 강하기만 한 것은 어떠한 감동도 주지 못한다. 어쩌면 늘 힘을 주면서,

애쓰면서 살아왔는지도 모른다. 한 번이라도 나를 위해 진짜 쉼을 쉬어본 적이 있을까? 생각해 보니, 백수일 때는 죄책감에 괴로워서 제대로 쉬지 못했고, 일을 할 때는 일을 하면서도 내 앞에 놓인 장애물들을 걱정하느라 일에 집중하지 못했다.

지금이 어쩌면 내가 가장 집중하고 있는 시기인지도 모른다. 내가 원하는 것을 향해, 내가 꿈꾸는 것을 향해. 강약을 조절하는 법도 모른 채, 앞을 보고 달리고 있다. 달리다 보면 힘이 빠지는 순간이 올 것이다. 그럴 때 힘을 충분히 빼고 천천히 걸어야지. 땀도 닦고, 가쁜 숨도 몰아쉬면서 물도 시원하게 마시고, 다시 천천히 걷고 뛰기를 반복해야지.

지금 이 순간, 힘을 빼는 법이 무엇인지 모른 채 달리고 있는 지금. 애쓰지 않으면 누구도 나를 책임질 사람이 없기에 애쓸 뿐이다. 다시는 악몽을 반복하고 싶지 않아서 애쓰고 있다. 나를 책임지는 법을 애쓰면서 배우고 있다. 그러니 지금은 힘을 줄 때이다. 그리고 힘을 주는 법을 통해 진짜 힘 빼는 법을 배워야 하는 순간이 왔을 때, 기꺼이 힘을 뺄 것이다.

다시 힘을 내기 위해서. 최선을 다해 지금 이 순간을 사랑하고 있고, 살아가고 있다.

삶을 기대하지 않았던 내가 다시 삶을 기대하기 시작한 순간, 그 순간의 찰나는 기억하지 못한다. 무엇이 나를 다시 살아갈 수 있는 용기를 주게 한 건지도 단정 지어 말할 수는 없다. 특별한 계기보다는 평범한 일상의 조각들이 다시 나를 살아가게 했다. 특별한 사건보다는 삶의 작은 사건들이, 내가 무심해서 모르고 지나쳤던 사소한 감정들이, 당연하게 생각해서 특별한 줄 몰랐던 사람들이 나를 다시 살고 싶게 했다.

"혜영아, 난 네가 왜 이렇게 추워 보이지?" 별로 춥지 않았던 그해 겨울 어느 날, 친구의 조용하지만, 진심으로 나를 걱정하는 한마디에 울컥했고, "혜영아, 네가 얼마나 멋진 존재인지 너는 너 자신을 너무 모르는 것 같아."라고 말하는 친구의 변함없는 눈빛이 나를 흔들었다. 세상에서 가장 해맑은 얼굴로 "이모~ 이모~ 너무 좋아."라고 말하는 사랑스러운 조카들의 눈빛은 칠흑 같은 어두운 내 마음을 더 이상 모른척할 수 없게 만들었다. 혼자라고 생각했던 수많은 낮과 밤의 시간들, 헝클어진 삶을 어디서부터 어떻게 추슬러야 할지 몰랐던 시간들. 무너진 삶도 다시 세울 수 있다는 것을 믿지 않았던 날들. 한기가 가득했던 내 삶에도 늘 나를 믿고 사랑하는 사람들이 다시 환하게 웃는 나를 기다리고 있었다는 것을 이제야 깨닫는다.

이 책이 세상의 수많은 보통의 혜영이에게 위로가 될 수 있을 것이라고, 그리고 이 책이 나온 순간 더 이상 후회도 슬퍼하지도 말고 당당하게 세상을 살아갈 것을 약속해달라고 말씀해 주셨던 책과강연의 이정훈 대표님과 김태한 대표님. 기꺼이 이 원고가 세상에 알려졌으면 좋겠다고 말씀해 주셨던 푸른 영토의 김왕기 대표님, 그리고 함께 글을 쓰면서 서로를 위로해 줬던 100일 100장의 동기 작가님들, 함께 빛나는 40대로 멋지게 성장해 나가자고 제 꿈을 응원해 주신 팀장님. 꿈을 함께 키워나가고 있는 이들과 삶의 순간마다 함께해 준 지인분들께 감사합니다. 그리고 무엇보다 제 기억 속 늘 함께였던 이들에게 감사합니다.

삶이 무너졌던 순간, 이 모든 것이 나의 탓만은 아니라고 다시 살아가면 되는 거라고 용기를 낼 수 있게 해 준 선생님께 감사합니다. 그리고 보통의 심혜영의 삶을 때로는 멀리서 때로는 누구보다 가까이에서 지켜봐 주고 믿고 기다려 준 사랑하는 가족들과 친구들에게 진심으로 감사합니다.

그리고 어느 구절, 어느 한 문장에서 위로받고, 용기를 내어 누군가의 삶이 아닌 당신의 삶을 당신답게 살아갈, 세상의 수많은 보통의 혜영이에게 감사합니다.

당신과 나는 살아왔고, 살아가고 있고, 살아갈 것입니다.
바로 나다운 그 삶을 위해.

청춘 공백기

초판 1쇄 발행   2022년 09월 20일

글쓴이   심혜영
펴낸이   김왕기
편집부   원선화, 김한솔
디자인   푸른영토 디자인실

펴낸곳   **푸른문학**
              주소   경기도 고양시 일산동구 장항동 865 코오롱레이크폴리스1차 A동 908호
              전화   (대표)031-925-2327, 070-7477-0386~9 · 팩스 | 031-925-2328
              등록번호   제396-2013-000070호
              홈페이지   www.blueterritory.com
              전자우편   book@blueterritory.com

ISBN 979-11-968684-7-5   03810
ⓒ심혜영, 2022

푸른문학은 푸른영토의 임프린트 입니다.